Clifford Chatterley

Das Cuckold Paar

Einmal C3 und zurück

AF219045

Peter und Julia führen eine fast normale Ehe. Sicher, sie gestehen einander gewisse Freiheiten zu. Aber erst als Julia eines Morgens von einem ihrer Abenteuer zurückkommt, entdeckt sie, wie sehr Peter schon die Vorstellung anmacht, dass sie die Nacht mit einem Anderen verbracht hat.

Mehr und mehr verstricken sich die beiden in ein Spiel mit ungewissem Ausgang, das zunehmend an den Grenzen der Belastbarkeit ihrer Beziehung rüttelt. Nachdem sich Julia vor Peters Augen mit einem Schwarzen eingelassen hat, stecken die beiden scheinbar in einer Sackgasse fest. Erst mit Hilfe ihrer guten Freunde Frank und Karin finden die beiden wieder zueinander.

Schnörkellos und in raschem Tempo erzählt Clifford Chatterley die Geschichte dieses unkonventionellen Paares. Freunde dichter, expliziter Erorik kommen hier ebenso auf ihre Kosten wie Freunde ungewöhnlicher erotischer Settings.

Das
Cuckold
Paar

Einmal C3 und zurück

Clifford Chatterley

Titelbild: Pixabay

Bibliographische Information der deutschen Nationalbibliothek:

Die deutsche Nationalbibliothek verzeichnet diese Publikation in der Deutschen Nationalbibliografie; detaillierte bibliografische Daten sind im Internet über http://dnb.dnbde abrufbar.

© 2022 Clifford Chatterley

Herstellung und Verlag:

BoD – Books on Demand, Norderstedt

ISBN: 9783755785750

Inhalt

Prolog...7

   Entdeckung...7

   Ein Sonntagvormittag...12

   Bei Karin..14

C1...19

   Wie weit willst du gehen?...................................19

   Eine neue Wirklichkeit.......................................22

   Die Probe...27

   Erleichterung..29

   Zwei Frauen...30

   Danach...33

   Ein paar Tage später...35

C2...37

   Die Tage fließen zäh...37

   Ein überraschender Gast.....................................37

   Am nächsten Morgen..40

   Julia und Karin...43

   Julias Plan..47

   Der nächste Schritt...50

C3...55

   Peter..55

   Früh am Morgen...57

   Eine neue Bekanntschaft.....................................60

Ausbruch...62

Im Club..64

Vorfreude..70

Das Vorspiel...74

Die Vorspeise...80

Der Hauptgang...82

Die Nachspeise...84

Und zurück...87

Danach...87

Eine Überraschung...89

Leichtigkeit..93

Danach...95

Der Käfig kehrt zurück.......................................97

Und noch eine Überraschung............................99

Über der Stadt..101

Auf Wolke sieben...106

Epilog..111

Prolog

Entdeckung

„Und, hast du dann noch mit Frank gefickt?" Julia schaute irritiert von ihrem Teller auf, auf dem sie gerade Honig auf eine Buttersemmel verteilte. Unwillkürlich fuhr sie sich mit einer Hand durch ihr dunkles volles Haar und schob ein paar Strähnen zur Seite, die ihr ins Gesicht hingen.

Es war ein wunderschöner Samstagmorgen im Frühsommer, das Ehepaar saß zu zweit in der sonnendurchfluteten Loggia ihrer geräumigen Maisonettewohnung in einem der äußeren Bezirke der großen Stadt. Die großen Glasscheiben waren teilweise geöffnet, sie boten einen herrlichen Ausblick auf einen grünen Innenhof, in dem die Bäume gerade in voller Blüte standen. Äußerlich ruhig betrachtete Julia Peter, ihren Ehemann, der ihr diese Frage in beiläufigem Ton gestellt hatte. Peter mochte Mitte vierzig sein, gut zehn Jahre älter als sie, die beiden waren jetzt bald zehn Jahre ein Paar und hatten nach der Geburt ihrer beiden Zwillinge vor sieben Jahren geheiratet. Unter seinem bereits grauen Bürstenhaarschnitt blickten seine stahlgrauen Augen unverwandt in ihre Richtung. Es war nicht die Sache an sich, die Julia irritierte: Peter war von einer Gartenparty bei Freunden, die die beiden gemeinsam besucht hatten, früher heimgefahren, um das Kindermädchen abzulösen. Julia war erst am Vormittag nach Hause gekommen, Peter hatte inzwischen die beiden Zwillinge versorgt und dann zu seinen Eltern gebracht, wo sie das Wochenende verbringen würden.

Die Sache wäre nicht weiter erwähnenswert gewesen. Vor allen für die damals kaum zwanzigjährige Julia war die Bindung an Peter früh gekommen, der attraktive Dreißigjährige hatte wiederum beachtlichen Erfolg bei Frauen und wollte seine Freiheit nicht gleich ganz aufgeben, nur weil sich diese kaum den Teenagerjahren entwachsene junge Frau Hals über Kopf in ihn verliebt hatte. Das Paar räumte einander daher immer schon gewisse Freiheiten ein, doch üblicherweise wurde darüber nicht groß gesprochen. Sie hatten miteinander zwei Regeln vereinbart: Sie fragten einander nur, was sie wirklich wissen wollten, und sie logen einander nicht an. Sicher, es war ungewöhnlich, dass sie in Peters Gegenwart so offensichtlich flirtete, wie sie es gestern Abend getan hatte. Sie studierte seinen Ausdruck: Nein, da war nichts Vorwurfsvolles, im Gegenteil, die Art, wie er sie ansah, ließ sie ein wenig schaudern. Julia gewann ihre innere Sicherheit zurück. „Ja, warum fragst du", antwortete sie ebenso beiläufig und widmete ihre Aufmerksamkeit wieder dem Honig auf ihrer Semmel.

Peter antwortete nicht, aber Julia konnte die begehrlichen Blicke deutlich spüren, die auf ihr ruhten. Sie hatte nicht das erste Mal den Eindruck, dass ihn der Gedanke erregte, sie könnte es mit anderen Männern tun. Auch am gestrigen Abend war es ja nicht so gewesen, dass er sie von ihrem Flirt irgendwie abgehalten oder sich eingemischt hätte. Sie merkte jetzt auch deutlich, wie er mit sich rang, sich aber nicht entschließen konnte, ihr zu antworten. Einer spontanen Eingebung folgend, nahm sie den Löffel, tauchte ihn tief in das Honigglas, führte ihn zum Mund, saugte den Honig langsam und genüsslich vom Löffel, ließ diesen leicht auf ihrer Unterlippe ruhen und fragte: „Was empfindest du dabei, wenn du es dir vorstellst?"

Peter saß eine Weile regungslos da, wie paralysiert von dem Schauspiel, das seine Gattin ihm bot. Julia war eine sinnliche Frau mit ein wenig rundlichen Formen, sie hatte nach der Geburt der Zwillinge zwar nie mehr ganz ihre mädchenhafte Figur erreicht, aber er liebte sie genau so, wie sie war: ihr rundliches Gesicht, von dunklen leicht gewellten Locken eingerahmt, ihre dunklen Augen, ihre füllligen Brüste, die sich gerade durch die dünne Bluse durchdrückten, ihre steifen Nippel waren deutlich zu sehen; ihr breites Becken, ihre langen, immer noch schlanken Beine, die sie gerade in ihrer unnachahmlichen Weise überschlagen hatte. Und ja: der Gedanke trieb ihn gerade in den Wahnsinn, dass dieser unscheinbare Mann gestern Abend ihre Aufmerksamkeit so mühelos errungen hatte; wie unverschämt direkt sie sich ihm angeboten hatte; und die Vorstellung, wie er sie, kaum dass er, Peter, gegangen war, in Besitz genommen hatte, seine Hände sie überall berührt hatten, sie ausgezogen hatten, sie womöglich seinen Schwanz zwischen ihre sinnlichen Lippen hatte gleiten lassen, ihn mit ihrer Zunge … bevor …

Julia wartete, sie wusste, es war nur eine Frage der Zeit. „Es macht mich wahnsinnig, aber gleichzeitig unendlich geil." Peter sah eine Weile zu Boden. Sie legte den Löffel zur Seite und lächelte ihn aufmunternd an. „Finde ich voll okay", sagte sie dann, „möchtest du mir mehr darüber erzählen?" Er blickte auf, fasste sich ein Herz. „Ja gern, aber erst möchte ich eigentlich etwas anderes", sagte er.

Julia schaltete schnell. Klar wäre es geil gewesen, sich jetzt von ihm ficken zu lassen, sie mochte es gern, seine Erregung zu spüren. Aber sie war neugierig geworden. „Nein, erst will ich das genau wissen. Setz dich wieder hin", sagte sie daher, sah ihn aber dabei geradeaus mit ihrem „fick mich"-Blick an. Er reagierte entsprechend verwirrt, folgte aber ihrer Aufforderung. „Macht es dich an, dass er in deiner Gegenwart mit mir geflirtet hat, als wärest du gar nicht da gewesen?", fragte sie und musste sich zusammennehmen, dass ihre Stimme ruhig und sicher klang. Sie ließ ihren Blick von seinem Gesicht langsam über seinen Körper gleiten, dahin, wo sich seine Erregung schon überdeutlich durch seine Hose abzeichnete.

Peter schluckte: „Ja, es macht mich an." Nervös fuhr er sich mit einer Hand durch sein Haar. „Sprich weiter", sagte sie ungerührt. „Macht es dich an dir vorzustellen, wie er auf mich zugekommen ist, kaum dass du weg warst? Wie er in meine Intimdistanz eingedrungen ist, unsere Körper sich beinahe berührten, ich seinen heißen Atem deutlich spüren konnte?" Peter blickte nervös um sich, bis er realisierte, dass die Kinder nicht da und sie beiden allein im Haus waren. „Ja, es macht mich geil, mir das vorzustellen."

Julias Blick ruhte jetzt genau auf seiner Erektion. „Zeig mir, wie sehr." Sie wartete, bis Peter begriff, was sie jetzt von ihm wollte. Ein kritischer Augenblick, dachte sie, wenn er jetzt seine Grenzen behaupten würde, dann hatte sie sich wohl getäuscht. Er sah sie hilflos an wie ein kleines Kind. „Verlangst du das wirklich von mir?" Julia lächelte. „Nein", sagte sie, „aber ich lade dich dazu ein." Sie wartete weiter. Es dauerte eine Weile, bis er sich schließlich an den Gürtel griff, den Bund seiner Hose öffnete, sich ein wenig aufrichtete und diese über seine Oberschenkel herunterzog. Seine Erektion stand jetzt entblößt vor ihr.

„Mach es dir gemütlich, lehn dich zurück", ermutigte Julia ihren Gatten. Es fiel ihr schwer, den Impuls zu unterdrücken, einfach ihren Rock zu heben und sich auf den steifen Schwanz zu setzen. Doch ihre Neugier war stärker. Wie weit konnte sie gehen? „Stell dir vor, er nimmt mich schließlich an den Hüften, zieht mich an sich, seine Hände gleiten fordernd auf meinen Po. Was tut das mit dir?" Sie ließ Peter Zeit, doch sie ließ ihre Augen nicht von seinem Schwanz. „Schämst du dich vor mir, deiner Frau?", frage sie schließlich, als seine Hand kurz seinen Schwanz streifte, er sie aber dann wieder zurückzog. „Ja, ich stelle es mir vor. Und nein, ich schäme mich nicht vor dir, meine Frau." Seine Hand glitt wieder an seinen Schaft.

„Jetzt stell dir vor, wie er mich mit heißem Atem fragt, ob ich mit ihm ficken will." Sie bemühte sich, einen heiteren, gelassenen Ausdruck zu bewahren, was nicht so einfach war. „Was antwortest du darauf?", fragte Peter mit belegter Stimme. „Ja, fick mich, ich kann es kaum erwarten." Julias Stimme war jetzt leicht belegt, was gut zu der Inszenierung passte. „Zeig mir, was das mit dir tut", ermunterte sie ihn aufs Neue. Sein innerer

Widerstand schien zu brechen, er schloss seine Augen fast vollständig und begann langsam, seinen Schwanz zu wichsen.

„Wir stehen in einem Schlafzimmer, er zieht mich langsam aus, seine Hände überall an meinem Körper", sprach sie leise weiter. Peter schien in seiner eigenen Welt gefangen, er masturbierte jetzt selbstvergessen vor ihr. Julia überlegte, ob sie an dieser Stelle abbrechen und ihn einfach vernaschen sollte. Einmal noch, dachte sie, und biss sich auf die Unterlippe. „Ich liege jetzt auf dem Bett vor ihm, nackt und mit breiten Beinen, so wie du es liebst, wenn ich es für dich tue." Julia hatte Peters Erregbarkeit unterschätzt. Peter begann laut zu stöhnen und ejakulierte schließlich heftig vor ihr. Schade, dachte sie, aber dafür habe ich viel über ihn gelernt.

Julia stand auf, ging langsam auf ihn zu, treckte ihre Hand nach dem Sperma aus, das er über seinen Bauch und seine Schwanzwurzel vergossen hatte. „Wow, so viel", sagte sie, nahm eine Ladung davon auf ihre Finger, führte sie kurz an ihren Mund, roch daran. Doch dann streckte sie ihre Hand aus. „Mund auf", befahl sie. Peter ließ seine Augen geschlossen, doch nach einer kleinen Weile öffnete er gehorsam seinen Mund. Sie schmierte ihm ihre Finger zwischen seine Lippen. „Leck sie sauber", sagte sie zuckersüß. Er tat, wie befohlen.

Sie griff noch einmal auf seinen Bauch, holte sich noch eine Ladung. „So, und jetzt sieh mich an dabei", befahl sie. Halb nahm sie an, dass sie damit seine harten Grenzen berührte, dass er beginnen würde, sich zur Wehr zu setzen. Doch nichts geschah. Nach einer Weile öffnete er seine Augen, sah sie ruhig und sicher an. „Was immer du wünschst, Liebling", antwortete er und ließ sich geduldig eine zweite Ladung Sperma in den Mund schieben.

Sie sah ihn an, ihr Ausdruck lächelte von spöttisch auf liebevoll. War sie zu weit gegangen? Anscheinend nicht, er saß einfach da, schluckte sein eigenes Sperma und erwiderte dann ihr Lächeln. Sie nahm seine Hand in die ihre, sie sahen einander in die Augen. Sie brauchten keine Worte, sie hatten soeben eine neue Seite ihrer ehelichen Sexualität entdeckt. Und Julia wusste, dass sie es war, die verantwortungsvoll damit umgehen musste.

„Wie lange sind denn die Kinder bei den Großeltern?", fragte sie daher ziemlich unvermittelt. „Bis morgen Abend", antwortete er, während er versuchte, sich halbwegs würdevoll wieder anzuziehen. Julia lächelte ihn an. „Reservierst du uns heute Abend bei Giovanni?", fragte sie. Peter lächelte, Giovanni war „ihr" Lokal, und es würde „ihre" Nacht sein.

Ein Sonntagvormittag

Julia ließ die nächsten Wochen verstreichen, ohne besondere weitere Schritte zu unternehmen. Sie traf sich zwar noch ein oder zweimal mit Frank, hielt sich aber an ihre Abmachung, darüber nicht ungefragt zu sprechen. Der Alltag mit den beiden achtjährigen Zwillingen musste auch weiterlaufen, das Paar hatte alle Hände voll damit zu tun, die beiden zur Schule, zu den diversen Nachmittagsaktivitäten und zum Sport zu bringen. Julia war froh, hier in Peter einen verlässlichen Partner zu haben, Sie wusste zwar, dass auch Peter eine Freundin hatte, eine unscheinbare junge Frau, vielleicht Ende zwanzig, spindeldürr mit rabenschwarzem Haar und dunklem Teint. Doch sie wusste, dass diese Karin nymphoman und an keinerlei ernsthafter Bindung interessiert war, so hatte sie kein Problem damit, Peter dieses harmlose Vergnügen zu lassen.

Erst an einem der folgenden Wochenenden – die beiden Zwillinge waren wieder bei den Großeltern – kam das Paar wieder dazu, sich intensiver seiner ehelichen Beziehung zu widmen. Peter war ein aufmerksamer und ausdauernder Liebhaber, der die sinnliche, aber stets ungeduldige Julia mit viel Geschick und Ruhe dazu brachte, sich auf ein langes und intensives Liebesspiel einzulassen, wofür sie mit mehreren wunderschönen Orgasmen belohnt wurde, bevor er sich endlich in sie ergoss.

Julia liebte es, danach noch in Peters starken Armen zu liegen, langsam wieder zu Atem zu kommen und dem Erlebten nachzuspüren. Umso erstaunter war sie, als Peter sich stattdessen bäuchlings zwischen ihre noch geöffneten Beine legte und sich mit seinem Mund ihrer vollgespritzten Spalte näherte. Eine neue Woge der Erregung durchströmte sie, als seine Lippen schließlich ihre Schamlippen berührten, seine Zunge erst über ihre Klitoris glitt und dann tief in ihre nasse, besamte Liebesgrotte eindrang. Sie genoss sein Spiel eine Weile, dann griff sie mit einer Hand in sein kurzes, wuscheliges Haar.

„Möchtest du dir vorstellen, dass das Franks Samen ist und nicht deiner?", fragte sie schließlich mit dunkler, melodiöser Stimme. Sie wusste selbst nicht recht, was sie dazu veranlasst hatte, das zu fragen, spürte aber, dass ein Ruck durch Peters Körper ging und er sein Spiel in ihrer Spalte augenblicklich intensivierte. Sie stöhnte lauter auf, der Gedanke erregte auch sie, und ließ sich von ihm schnell und gründlich in einen neuerlichen Orgasmus treiben.

Julia spürte, dass auch Peter von einer neuen Welle der Erregung ergriffen war. Doch als er versuchte, sich wieder auf sie zu schieben, wehrte sie ihn unter Aufbietung all ihrer Selbstbeherrschung ab. „Auf den Rücken mit dir", befahl sie stattdessen. „Hände ans Betthaupt, und dort bleiben sie." Peter brauchte eine Weile, er sah sie mit einer Mischung aus Lust und Schmerz in seinen Augen lange an, bis er schließlich gehorchte. Sie kniete sich neben ihm hin, eine Hand an seine Eier, die andere an seinen Nippel. Quälend langsam begann sie mit ihm zu spielen. Sie musste ein wenig improvisieren, doch sie kannte ihren Mann gut genug, seinen Erregungszustand einigermaßen einschätzen zu können. Außerdem hatte es diesmal sie in der Hand.

Sie köchelte ihn also eine Weile auf kleiner Flamme, trieb ihn immer wieder an den Rand des Orgasmus, beobachtete, wie er sich unter ihren Händen wand, wie er stöhnte, wie er versuchte, durch eigene Bewegungen das letzte Quäntchen an Stimulation zu erlangen, das ihn über die Kante treiben würde. Doch Julia ließ ihm keine Chance. „Würdest du wollen, dass dich das mit Frank einmal arrangiere?", fragte sie schließlich, langsam und gedehnt, ihre Stimme war leicht belegt vor Geilheit. Peter sah sie lange mit vor Schmerz und unbefriedigter Lust verzerrtem Gesicht an. „Ja, ich würde das wollen", hauchte er schließlich. Sie trieb ihn daraufhin wieder an den Rand des Orgasmus. „Bittest du mich darum, das für dich zu arrangieren?", fragte sie schließlich. „Ja, ich bitte dich darum, das zu arrangieren." „Ich kann dich nicht verstehen", gab sie ungerührt zurück. „Ja, ich bitte dich darum, das zu arrangieren", sagte er, diesmal laut und deutlich. Sie nickte und verstärkte ihre Bewegungen, bis sein Auslösepunkt überschritten war. Plötzlich und unvermittelt hörte sie mit der Stimulation auf, sein Sperma quoll aus seinem zuckenden Schwanz und lief seinen Schaft herunter. Sein enttäuschter Blick ließ sie kurz zweifeln, ob der Weg der richtige war, doch eine halbe Minute später lächelte er sie schon wieder glückselig an.

„Mach dich sauber und komm dann frühstücken", sagte sie in sachlichem Ton, schenkte ihm noch einen liebevollen Blick und stand dann vom Bett auf. „Aber ich habe nichts zum Abwischen …", sagte er kläglich. „Ich glaube, ich habe dir letztes Mal schon beigebracht, wie das geht", antwortete sie ungerührt, drehte sich um und verließ das Zimmer. Dass sie auf der Toilette vor dem Pinkeln noch einmal rasch und heftig masturbierte, musste sie ihn ja nicht wissen lassen.

Bei Karin

„Deine Julia ist übrigens ganz eine Süße, du bist ein richtiger Glückspilz." Peter und Karin lagen gerade in Karins riesenhaftem Doppelbett und rauchten ihre Zigarette danach, Peter schreckte bei den Worten aus seinen Gedanken auf. „Bitte was?", fragte er und blickte zu Karin hinüber, die ihren dürren nackten Körper schamlos neben ihm räkelte. Ihre Nippel standen spitz von ihren kaum vorhandenen Brüsten ab, ihre Rippen waren deutlich zu erkennen.

Sie schenkte ihm ein breites Grinsen. „Du hast aber nicht wirklich gedacht, dass die nach drei Jahren noch immer nicht Bescheid weiß, oder?", fragte sie mit entwaffnender Offenheit zurück. „Es war hoch an der Zeit, dass wir beide uns einmal kennengelernt haben." Peter blieb momentan der Mund offen stehen, ein Stück Glut fiel von seiner Zigarette ab. Karin griff nach der Kaffeetasse, die auf ihrem Nachtkästchen stand, und schnippte die Glut hinein. „Du musst deswegen nicht gleich meine Wohnung abfackeln", setzte sie lächelnd nach.

„Außerdem führt ihr beide ohnehin eine offene Beziehung, wie sie mir erzählt hat. Also wo ist das Problem?" Peter antwortete nicht, er war gedanklich weit weg und versuchte herauszufinden, welche von seinen Vorsichtsmaßnahmen nicht funktioniert haben könnte. Karin beobachtete eine Weile amüsiert seinen verwirrten Gesichtsausdruck. „Was immer du jetzt denkst, es ist die falsche Fährte. Die Mühe mit deiner oberflächlichen Verschleierung hättest du dir allerdings sparen können. Sie weiß von uns seit über zwei Jahren."

Peters Gesichtsausdruck wurde immer entgeisterter. Er überlegte fieberhaft, wie sonst Julia so konkret von Karin erfahren hatte können. Er hatte sie über eine Dating-Plattform kennengelernt, Karin arbeitete selbständig als Psychologin und hatte seines Wissens nach auch beruflich nichts mit Julia zu tun. Und auch wenn es immer wieder Zufälle gab: So recht vermochte er in eine Millionenstadt nicht daran zu glauben, dass sich die beiden durch eine bloße Verkettung von Umständen über den Weg gelaufen waren.

„Magst du die ganze Geschichte hören?", fragte Karin schließlich. Peter zögerte kurz, dann siegte jedoch seine Neugier. „Ja sicher", antwortete er. „Aber erst machst du mich noch schön sauber", antwortete Karin und deutete zwischen ihre breit gespreizten Beine. Peter legte sich ergeben auf den Bauch. Er wusste eigentlich nicht genau, was er daran mochte, seinen Samen aus ihrer Spalte zu lecken, aber es erregte ihn jedes Mal wieder.

Eine halbe Stunde später saßen die beiden frisch geduscht und angezogen in Karins Wohnzimmer. Karin zündete ihnen beiden frische Zigaretten an. „Also ich muss jetzt mal vorausschicken, Julia ist einverstanden, dass ich dir das alles erzähle. Vielleicht spricht sie dich ja mal darauf an, nur dass du Bescheid weißt." Karin und Julia hatten eine gemeinsame Bekannte, mit der Julia über ihr eigenes Verlangen gesprochen hatte, auch andere Männer zu haben als nur Peter. „Gibst halt Peter auch die gleiche Freiheit", hatte die nur ungerührt darauf gemeint. Julia hatte sich nicht so richtig entschließen können, vor allem hatte sie nicht den Mut gehabt, so direkt mit Peter darüber zu sprechen. „Na dann machen wir halt die indirekte Methode", hatte diese Freundin dann gemeint. „Ich kenne da eine, der würde dein Peter sicher nicht übel in ihre Sammlung passen." Der Rest war dann einfach erklärt, Peters Identität auf der Dating-Plattform hatten die Frauen sehr bald heraus, Karin war nach kurzem Blick darauf einverstanden, es zu versuchen, und den Eindruck zu erwecken, Peter hätte Karin dort gefunden und nicht umgekehrt, war für die Psychologin eine leichte und amüsante Fingerübung.

Karin hatte schon eine Weile zu sprechen aufgehört, Peter schien noch eine Weile zu brauchen, all das zu verarbeiten, was da in so schonungsloser Direktheit auf ihn einströmte. Er wusste erst nicht recht, wo er mit dem Nachfragen anfangen sollte. Karin rauchte ihm eine neue Zigarette an. „Brauchst auch noch einen Cognac?", fragte sie. Peter nickte, sie ging zur Bar, schenkte zwei Gläser ein und stellte sie auf den Couchtisch. „Sammlung?", schaffte es Peter schließlich zu fragen. Karin lachte. „Dachtest du echt, du bist mein einziger und ich schmachte hier wochenlang zu Hause, bis du es wieder einmal schaffst, mich zu besuchen?", fragte sie, als spräche sie über das Wetter. Peter schnappte nach Luft, das war eine der Fragen, der er auch sich selbst gegenüber immer ausgewichen war. „Manche bezeichnen mich als nymphoman, aber was bedeuten schon Wörter?", sprach Karin weiter. „Wie immer man dazu sagt: Aber dass ich keine feste Beziehung will, heißt nicht, dass ich keine körperlichen Bedürfnisse habe."

Karin beobachtete Peter mit professioneller Genauigkeit. Klar, er war momentan mit der Situation überfordert, das war alles ein bisschen viel auf einmal für ihn gewesen. Aber ihr Eindruck verdichtete sich, dass Julia mit ihrer Vermutung nicht falsch lag: Peter hatte die Veranlagung zum Cuckold. Dass ihn die Situation sexuell erregte, war nicht zu übersehen. Karin lächelte in sich hinein, sie würde mit Peter und dieser drallen sinnlichen Frau noch eine Menge Spaß haben. Doch alles zu seiner Zeit: Jetzt war sie selber auch schon wieder geil geworden. Karin sah keine Notwendigkeit, sich für die Bedürfnisse ihres Körpers zu schämen oder sich gar Zwänge aufzuerlegen, außerdem wollte sie nicht, dass Peter jetzt unbefriedigt wegging. Einen missmutigen, an sich selbst zweifelnden Mann wollte sie Julia nun wirklich nicht heimschicken.

„Jetzt aber genug geredet", sagte sie daher. „Bist du schon in Eile, Süßer, oder …?" Er verscheuchte augenblicklich seine grüblerischen Gedanken, drehte sich zu ihr, der Glanz kehrte in seine Augen zurück. „Einmal geht immer noch, und ich kann dich ja da nicht so unbefriedigt sitzen lassen", gab er zurück. Sie veränderte unmerklich ihre Position, sah ihn von unten her an. Er stand auf, hob sie mühelos mit seinen beiden Armen hoch, sie klammerte sich instinktiv an seinen Hals, als er sie wie eine Kriegsbeute über die Schwelle des Schlafzimmers trug und schließlich sanft auf dem Bett absetzte. Sie beobachtete, wie er sich rasch auszog, seine harte Erektion von ihm abstand. Sie hielt Blickkontakt zu ihm, als sie selbst rasch das Kaminkleid abstreifte, das sie sich über ihren Körper gezogen hatte. „Komm schon, fick deine kleine Nymphomanin", sagte sie zu ihm, ihre Augen blitzten.

C1

Wie weit willst du gehen?

„Hast du dir die Seiten angesehen, die ich dir geschickt habe?"
Die Kinder waren wieder einmal bei den Großeltern, Peter und
Julia hatten lang geschlafen und saßen jetzt beim gemeinsamen
Frühstück. Peter blickte von seinem Tablet auf, auf dem er die
Onlinezeitung las. „Ja, habe ich", antwortete er. „Schon eine
bizarre Welt, dieses – Cuckolding", setzte er hinzu. Es war auf
den Seiten nicht nur um Cuckolding gegangen, sondern auch
im Swinging, Wifesharing und andere Spielarten gemeinsamer
Sexualität.

„Möchtest du darüber reden?", fragte Julia nach. Peter wusste
nicht recht, worauf sie hinauswollte. „Um, ja, schon, reden
kann man über alles", antwortete er vage. Julia sah ihn eine
Weile an. „Weich mir nicht aus", sagte sie schließlich. „Es geht
mir darum, ob du diese Themen als Teil unserer Beziehung
siehst, oder ob sie es werden könnten." Eine Weile war es totenstill im Raum. Julia beobachtete Peter, die Themen arbeite-
ten sichtlich in ihm. „Ein einfaches ‚nein' ist natürlich auch
okay. Ich denke, wir haben so und so ein geileres Sexleben als
90 Prozent aller Paare, von daher …"

Julia hatte sich vor einigen Tagen mit Karin getroffen und sie
als Psychologin um Rat gefragt, ob und wie sie das, was sie
mehr oder weniger ungeplant begonnen hatte, fortführen sollte.
„Zwei Überlegungen möchte ich dir mitgeben", hatte Karin geantwortet. „Zum einen müsstest du, wenn du ihn ernsthaft beschränken möchtest, die Sache schon relativ genau überwachen
und kontrollieren, denn Peter neigt zum oberflächlichen Kon-
sens und zum Ausweichen." Gut, das war Julia klar gewesen.
„Und zweitens solltest du gut darüber nachdenken, bevor du
die Machtsymmetrie eurer Beziehung kippst. Wenn es keinen

19

Rückweg gibt, hast du am Ende ein willenloses kleines Kind als Partner, und wenn du Pech hast, schlägt das auch auf das Alltagsleben durch." Hmm, das war natürlich schon stärkerer Tobak.

„Und wie löse ich das?", fragte Julia schließlich. „Erstens", kam es von Karin rasch und bestimmt, „musst du dir überlegen, was du für dich selber möchtest. Es wird dir einen Haufen Disziplin abverlangen, einerseits die nötige Konsequenz auch gegen deine eigenen Bedürfnisse aufzubringen, andererseits nicht selbst aus der Beziehung zu flüchten und ihn einfach übrigzulassen." Karin wartete eine Weile, bis das gesickert war. „Und zweitens braucht ihr beide einen gangbaren Rückweg." Julia dachte eine Weile nach. „Und wie geht das jetzt alles unter einen Hut?", fragte sie dann. „Ganz einfach. Lass es ihn selbst erfinden und biete es ihm als etwas an, was du für ihn tust. Mit Widerrufsmöglichkeit."

Julia dachte an das Gespräch mit Karin zurück, als sie jetzt den Köder auswarf. Sie war ehrlich neugierig, wie Peter jetzt reagieren würde, und grundsätzlich für jedes Ergebnis offen. Doch Peter reagierte, wie sie es erwartet hatte. „Nein, so meinte ich es nicht. Ich denke, es lohnt, in unserem Beziehungskontext darüber zu reden." Julia nickte. „Möchtest du vielleicht damit beginnen, das für dich einzuordnen, was wir derzeit leben?" Peter dachte eine Weile nach. „Naja, Swinging ist es nicht wirklich", antwortete er. Julia hörte aufmerksam zu. „Soweit es dich betrifft, könnte man von Wifesharing oder Hotwife sprechen, wobei ich ja dabei auch meine Freiheiten habe." Julia nickte und wartete, er war wohl noch nicht fertig. „Wenn ich daran denke, dass Frank einmal bei uns übernachten könnte …" Julia sah ihn aufmerksam an, jetzt wurde es spannend. „Da würde ich schon Elemente von Cuckolding sehen, die in Richtung C2 zeigen. C1 und Wifesharing scheint mir ja nicht besonders klar voneinander abgegrenzt."

Julia war überrascht, wie leicht ihm diese Einordnung zu fallen schien. Auch war Peter normalerweise nicht zimperlich, Themen vom Tisch zu wischen, die ihn nicht interessierten. Sie wagte sich also einen Schritt weiter vor. „Siehst du das für dich schon eher als Grenze dessen, was du nehmen möchtest, oder machen dich die bisherigen Erfahrungen neugierig auf mehr?", fragte sie vorsichtig. „Sie machen mich neugierig", antwortete er rasch, „aber gleichzeitig habe ich auch Angst vor dieser Neugier. Wir müssten wohl den Pfad einer Beziehung auf Augenhöhe ein Stück weit verlassen. Ich weiß nicht, ob das funktionieren kann."

Julia hatte nicht gewusst, wie stark die Faszination für ihn wohl sein musste, dass er sich so freimütig dazu bekannte und wohl auch schon ausführlich darüber nachgedacht hatte. „Nicht einfach", sagte sie daher, „aber schon lösbar." Auch sie hatte darüber nachgedacht und zumindest einen Vorschlag in der Hinterhand. „Erzähl mir erst mal mehr, was deine Phantasien sind."

Peter räusperte sich. „Nun, es ist mir klar, dass zwei Dinge passieren würden. Erstens würdest du mich wohl stärker als bisher in dein Spiel mit Frank einbeziehen. Oder mit anderen. Und zweitens würdest du mich früher oder später in meiner sexuellen Autonomie beschränken." Uff, es schmerzte Julia fast, wie klar Peter das sah, was vor ihm liegen könnte. „Und welche Ängste verbindest du konkret damit?" Peter schwieg eine Weile. „Die naheliegende Frage ist: Wenn einer von uns beiden das nicht mehr will, wie kommen wir da ohne Dauerschaden wieder heraus? Wenn du so ein Spiel ernst nimmst, beschränkt es dich ja auch."

Julia beschloss, ganz offen zu sein. „Nun gut: Also gegen die Gefahr, dass wir uns in einem solchen Spiel verlieren, besteht. Doch die besteht in einer normalen Beziehung doch auch. Und was das andere betrifft ..." Sie machte eine Pause und sah Peter an: „Was das andere betrifft – wir brauchen einen Exit-Mechanismus. Was nicht so einfach ein ‚dann sag halt, wenn du nicht mehr willst' sein kann, denn dagegen maulen oder Regeln brechen kann ja auch Teil des Spiels sein." „Hmm, leicht zu lösen", sagte er, „man braucht doch nur ein Symbol, um zum Ausdruck zu bringen, dass es jetzt ernst ist. Und sei es, dass man eine Münze auf den Tisch legt oder was auch immer." Julia nickte. „Gilt natürlich für beide Seiten, und es darf dann keine Verhandlungen mehr geben."

Peter blickte noch eine Weile sinnierend vor sich hin. „Und da ist noch etwas, was ich dir sagen möchte: Ich weiß, dass ich dir blind vertrauen kann, dass du mich nicht kaputt machen wirst. Ich vertraue darauf, dass du mich auch ‚abholen' würdest, wenn ich zu stolz wäre, darum zu bitten." Julia lächelte. „Gut, dann verstehe ich, dass du die konkrete Ausgestaltung in meine Hände legst, bis du um ein Ende bittest und dabei eine Münze auf den Tisch legst?". „Ja", sagte er, „nur noch ein Letztes: Ich muss wohl nicht extra erwähnen, dass wir die Kinder aus der Sache heraushalten?" „Klar", sagte Julia.

„Aber jetzt genug geredet, wollen wir uns unseren ehelichen Pflichten widmen?", fragte Peter. Es fiel Julia in diesem Augenblick unendlich schwer, ihr „Nein. Ich bin heute schon verabredet" überzeugend rüberzubringen. „Und lass dir nicht einfallen, auszuweichen. Wenn du wichsen willst, warte bitte, bis ich zurück bin."

Eine neue Wirklichkeit

Peter blieb noch eine Weile am Frühstückstisch sitzen, nachdem Julia das Haus verlassen hatte. Hatte er jetzt wirklich zugestimmt, sich als Cuckold in Julias Hände zu begeben, nur weil sie für alle offensichtlichen Probleme eine mögliche Lösung gefunden hatten? Und mit wem war sie überhaupt verabredet? Sie hatte ja nicht wirklich vorhersehen können, dass er ernsthaft erwägen könnte, sich auf ein solches Spiel einzulassen. Bluffte sie nur?

Andererseits: Das Thema Cuckolding faszinierte ihn auf eine seltsame Art und Weise. Was wohl zu einem Gutteil an der verzerrten Wahrnehmung lag, die er zu diesem Zeitpunkt noch zum Thema hatte. Für ihn stand im Vordergrund, seine Frau beim Sex mit anderen Männern zu sehen. Das Thema, dass sie ihn in seiner eigenen sexuellen Autonomie beschränken könnte, war dem gegenüber weit weniger präsent. Das „und lass dir nicht einfallen, auszuweichen" war irgendwie noch nicht vollständig in Peters Bewusstsein gedrungen.

Er schenkte sich erst mal noch eine Tasse Kaffee ein und blätterte eine Weile auf seinem Tablet Computer durch die Morgenzeitung. Vielleicht würde er dann später Karin anrufen.

*

Julia überlegte bereits auf dem Weg zu ihrem Auto fieberhaft. Sie hatte ebenfalls nicht damit gerechnet, dass Peter so schnell zustimmen würde. Sie war natürlich mit niemandem verabredet, sie war einfach aus der Situation geflüchtet, weil sie so schnell keinen Plan hatte, was sie mit Peter weiter anstellen sollte. Was war jetzt das wichtigste?

„Karin? - Ja, hier ist Julia, hast du vielleicht Zeit für mich?" Das wichtigste schien ihr jetzt, rasch Kontrolle über Peters offensichtliche Ausweichmöglichkeit zu bekommen. Die kicherte am Telefon, als Julia ihr kurz berichtete. „Ja klar, komm her, dann besprechen wir alles." Eine halbe Stunde später saß Julia bereits bei Karin auf dem Sofa und erzählte ihr detailliert, was sie mit Peter vereinbart hatte.

Als Karins Telefon klingelte, legte diese den Finger auf ihre Lippen, schaltete aber den Lautsprecher ein. Es war Peter, der Karin eine vage Geschichte davon auftischte, dass er heute spontan einen freien Vormittag habe und sie gerne besuchen würde. Julia machte erst ein erschrecktes Gesicht, als Karin ihr „ja klar, ich habe nichts vor, kannst mich gern besuchen kommen. So um 11?" antwortete. Doch dann schaltete sie, und ein breites Grinsen zog auf ihrem Gesicht auf. „Na dann wollen wir ihm einmal eine kleine Überraschung bereiten", kicherte jetzt auch Julia. „Eine Stunde haben wir noch, Zeit genug, uns dafür auch richtig geil aufzubrezeln."

Bald waren die beiden Frauen frisch geduscht und rasiert, Karin trug die neuen roten Dessous, die ihr einer ihrer Lover geschenkt hatte, dazu schwarze Seidenstrümpfe und hochhackige rote Pumps. Mit ihrer Hilfe war auch Julia bald recht ansehnlich hergerichtet. Bei einem kleinen Cognac wurde noch rasch der Plan besprochen, wie sie Peter empfangen und behandeln wollten.

Endlich läutete es, Julia hielt sich im Wohnzimmer im Hintergrund, während Karin ins Vorzimmer ging, um Peter zu öffnen. Sie bemühte sich, sich nichts anmerken zu lassen, im Gegenteil, sie stachelte Peter ein wenig auf, bevor sie ihn ins Wohnzimmer führte. Der erstarrte zur Salzsäule, als er dort seine Frau sah, die ihn mit den Worten begrüßte: „Aha, so sieht das also aus, wenn ich dich bitte, nicht auszuweichen?" Peter brauchte eine Weile, bis er sich so weit gefangen hatte, dass er ein „Und was machst du hier?" herausbrachte. Julia reagierte kühl. „Das sollte wohl ich zuerst dich fragen, mein Guter. Ich denke, du hast Grundlegendes an unserem neuen Arrangement noch nicht verstanden. Aber gut, dass du da bist, da haben wir beide gleich Gelegenheit, dir das zu verdeutlichen."

Peter sagte eine Weile nichts. Es wurde ihm jedoch schlagartig klar, dass er Julias Konsequenz und den Aspekt, wie er selber von seiner Cuckold-Position betroffen sein werde, deutlich unterschätzt hatte. Er blickte unwillkürlich in ihre Richtung, halb und halb entschlossen, der Sache hier und jetzt ein Ende zu machen. Doch da war etwas in Julias Augen, was ihn zögern machte. Hinter ihrer kühlen Fassade war die gleiche Liebe und Empathie verborgen, die er schon beim Gespräch am Morgen mit ihr gesehen hatte. Und da war ein ganzes Stück weit „vertrau mir einfach".

Wie immer das sich verhielt, die Gelegenheit verstrich ungenutzt. „Zieh dich bitte aus", hörte er Julia kommandieren. „Ganz?", wagte er zurückzufragen. „Stell dich nicht dümmer als du bist", kam zurück, „alles andere hätte ich dir wohl extra gesagt." Peter blickte hilflos in Karins Richtung, doch die sagte nur: „Ich bin hier nicht deine Anwältin. Julia und ich sind für heute einer Meinung, was dich betrifft." Peter blieb eine Weile unschlüssig stehen. „Gut", sagte Julia, „wenn du noch eine Weile brauchst, gehen wir einstweilen noch einen Kaffee trinken. Wenn du fertig bist, knie dich hin und verschränke die Hände in deinem Nacken." Damit gingen die beiden ohne ein weiteres Wort in die Küche.

Peter begann derweil langsam, sich auszuziehen. Was ihn besonders irritierte war der Umstand, dass er in seinen Shorts eine ziemliche Erektion hatte. Er versuchte sich auf die praktischen Aspekte seiner Aufgabe zu konzentrieren, doch das half nicht sonderlich. Bald war er nackt, sein steifer Schwanz stand deutlich sichtbar von ihm ab. Noch waren die Frauen nicht zurück. Noch. Er ging also an die Stelle, die Julia ihm bedeutet hatte, kniete sich auf den harten Holzboden und verschränkte seine Finger im Nacken.

Nichts geschah. Eine gefühlte Ewigkeit kniete er so da, allein mit seinen Gedanken. Aus der Küche drang das Geklapper von Kaffeegeschirr, gedämpfte Stimmen und Gekicher an sein Ohr, er konnte aber nicht verstehen, was gesprochen wurde. Von der Stelle aus, an der er kniete, hatte er keinen Blick auf eine Wanduhr, und seine Armbanduhr hatte er mit seinen Sachen abgelegt. Wenigstens klang seine Erektion langsam wieder ab, dafür fokussierte sein Bewusstsein mehr und mehr auf seine schmerzenden Knie.

Peter schreckte aus seinen Gedanken auf, als die beiden endlich doch wieder ins Wohnzimmer kamen. „Schon viel besser, was denkst du?", fragte Julia in Karins Richtung. „Ja, sieht so aus." „Peter", wandte sich Julia schließlich an ihn, „was wir hier tun, mag dir hart erscheinen, aber offenbar ist es notwendig, um dir die Situation klarzumachen, in der du dich befindest." Sie wartete eine Weile. „In wessen Hände hast du die ausschließliche Kontrolle über deine Sexualität heute Morgen gelegt?" „In deine Hände, Julia." „Apropos Hände", antwortete sie knapp. „Dein Intimbereich ist, solange wir hier sind, absolut tabu für dich. Du wirst dich selbst dort nicht berühren, es sei denn, Karin oder ich ordnen es an. Haben wir uns so weit verstanden?"

„Ja, Julia." Sie blickte ihn mit einer Mischung aus Strenge und Liebe an. „Wir werden ohne theatralische Inszenierungen auskommen. Ich werde weder verlangen, dass du ,Herrin' zu mir sagst, noch werde ich dich mit mechanischen Sperren belegen. Wenn du dich selbst darum betrügen willst, ist das deine Sache. Aber das, worum die spielst, ist die Sexualität, die du aus meiner Hand empfängst. Sei es, dass du anwesend sein darfst, wenn ich meine Liebhaber empfange, sei es, dass ich dir direkt Gunst gewähre." Eine Weile war es totenstill, sie ließen Peter Zeit, die Implikationen zu verstehen. Er konnte nicht verhindern, dass sich bei den Gedanken, die ihm durch den Kopf gingen, sein Schwanz wieder versteifte.

„Schön, dass dich das so aufgeilt." Es war Karin, die leicht, aber doch spürbar, mit der Schuhspitze gegen seinen Steifen und seine Eier kickte. Peter stöhnte leise, sagte aber nichts. „In schlichteren Worten", setzte Karin fort, „hat Julia keine Lust, dich ständig zu kontrollieren oder dir das Leben mit einem Schwanzkäfig zu erleichtern. Es wird dein Verstand sein, der dich kontrolliert. Denn", sie machte eine Kunstpause. „Denn Julia wird dein Verhalten genau beobachten, und sie wird vielleicht auch Informationen bekommen, wo du nicht damit rechnest. Und es wird ihre willkürliche Beurteilung sein, die dir mehr oder weniger Zugang zu ihr gewähren wird."

Peter versuchte den Blicken der beiden auszuweichen, starrte eine Weile irritiert zu Boden, versuchte sich nicht anmerken zu lassen, wie sehr ihn das, was Karin da so leichthin gesagt hatte, erregte. Doch sein Schwanz sprach eine deutliche Sprache, er hatte keine Möglichkeit, das vor den beiden zu verbergen. Karin kickte ihn noch einmal leicht auf die Eier. „Es gefällt ihm sichtlich", sagte sie in Richtung Julia. Julia trat dicht an ihn heran, seine Nase füllte sich mit ihrem vertrauten Geruch, er stöhnte leise auf, als auch ihre Schuhspitzen den empfindlichsten Teil seines Körpers trafen. Gleichzeitig berührte sie unendlich sachte einen seiner Nippel, was ihn noch weiter aufgeilte.

„Hast du deine Situation jetzt vollkommen verstanden, oder ist noch etwas unklar, Peter?", fragte sie, plötzlich wieder in sachlichem Ton. „Ja Julia, ich habe verstanden", antwortete er. Sie schaute ihn prüfend an. „In Ordnung. Du darfst aufstehen, aber denk daran, wo deine Hände nicht hin dürfen." „Danke", sagte er und versuchte, sich einigermaßen elegant vom Boden zu erheben.

Die Probe

„Wenn du Durst hast, dann trink jetzt bitte." Peter, der tatsächlich einen trockenen Mund hatte, nahm dankbar das große Glas frisches kaltes Wasser aus Julias Hand und trank es ohne viel Nachdenken aus. „Komm mit." Es war Karin, die Peter einen leichten Klaps auf seinen Hintern gab und ihn in Richtung des Schlafzimmers schubste, in dem er so manchen Nachmittag und so manche Nacht mit ihr zugebracht hatte. Doch wenn er gerechnet hatte, dass er jetzt irgendwie zum Zug kommen würde, hatte er sich getäuscht. „Leg dich hin", sagten die beiden einfach zu ihm. „Ja, so, ganz bequem auf den Rücken." Er legte sich ergeben hin und wartete auf die Dinge, die da kommen würden. Karin kramte eine Weile in ihrem Schminktisch herum. „Ah, hier", sagte sie schließlich und kam mit einer kleinen Dose losem Puder und einem Pinsel wieder auf das Bett zu. Sorgfältig trug sie eine Schicht Puder auf Peters Schwanz und Eiern auf, achtete darauf, dass die Schicht gleichmäßig gut haftete.

Julia wartete, bis Peter das Bild seines Schwanzes verinnerlicht hatte und band ihm dann eine Augenbinde um den Kopf. Karin machte sich auch an den Rändern der Binde mit dem Pinsel zu schaffen, vermutlich trug sie auch hier Puder auf, zumindest roch es schwach danach. Zuletzt fühlte er den Pinsel noch auch seinen beiden Brustwarzen. „Wir lassen dich jetzt allein, aber du weißt, was von dir erwartet wird." Damit hörte er, wie die Schlafzimmertüre geschlossen wurde. Ob eine oder beide noch im Zimmer waren, konnte er nicht feststellen, so sehr er sich auch auf die Geräusche im Raum konzentrierte.

Bald verlor Peter jedes Gefühl von Zeit und Raum. Sein einzig verbliebener Sinneseindruck war das schwache Geräusch seines eigenen Atems. Es dauerte nicht lange, bis sich an verschiedenen Stellen seines Körpers Juckreiz einstellte – ob real oder eingebildet, konnte Peter nicht feststellen. Doch er wollte nirgends hin greifen, er konnte nicht abschätzen, wo sich danach verräterische Spuren zeigen würden. Er flüchtete sich eine Weile in sexuelle Phantasien, was ihm aber lediglich eine Erektion und ein fast ins Unerträgliche gesteigertes Verlangen einbrachte, sich selbst zu berühren. Er musste sich mit beiden Händen im Laken festkrallen. Zum ersten Mal kam ihm zu Bewusstsein, dass mechanische Beschränkungen auch ein Hilfsmittel sein konnten.

Ein Hilfsmittel wofür? Sich seiner Frau zu unterwerfen? Warum tat er das alles eigentlich? Er wusste es selbst nicht. Warum stand er nicht einfach auf, ging in die Küche und sagte „Aus, vorbei, da mache ich nicht mit." Julia würde das ohne weitere Diskussion akzeptieren, Also warum? Peter spürte eine Weile seinen Gefühlen nach, doch noch lag ein Filter über seinem Verstand, der ihn hinderte sich einzugestehen: Weil es ihn geil machte, dass sie ihn so behandelte.

Leere. Peter hatte es schließlich geschafft, alle Gedanken fallen zu lassen, er dämmerte einfach vor sich hin. Das Gefühl wäre nicht unangenehm gewesen, hätte sich nicht seine Blase erst schwach, doch dann immer fordernder zu Wort gemeldet. Er dachte an den großen Becher Wasser zurück, den ihm Julia so beiläufig in die Hand gedrückt hatte. Hatten die beiden Frauen das alles wirklich so minutiös geplant?

Erleichterung

„Das sieht ja gut aus, ich bin stolz auf dich, Peter. Du hast jetzt einen Gefallen frei. Was ist das, was du dir jetzt am meisten wünscht?" Julia nahm Peter die Augenbinde ab, die beiden Frauen standen jetzt nackt neben ihm, trugen nur ihre Strümpfe und hohe Schuhe. „Dich ficken, Julia, aber erst muss ich dringend pinkeln gehen." Julia sah ihn mit einem mitleidigen Blick an. „Ich sprach von einem Wunsch, Peter, nicht von zwei. Ich frage doch noch einmal: Was ist das, was du dir jetzt am meisten wünscht?"

Wie auf ein Kommando begannen dabei Karin und sie, ganz sachte an seinen Brustwarzen zu spielen. Peter spürte, dass sein Schwanz hart und steif wurde. Doch der Druck auf seiner Blase blieb unerträglich, er hatte das Gefühl, zu platzen. „Pinkeln gehen", presste er schließlich heraus. Die beiden hatten es nicht eilig. „Bist du sicher, dass du das mit diesem Steifen überhaupt schaffst, Peter?" Es war Karin, die diese süffisante Frage stellte. „Bitte", konnte er nur noch keuchen. „Gut, wie du meinst", antwortete Julia. „Du hattest deine Chance für heute."

Sie ließen Peter aufstehen und führten ihn ins Badezimmer. „Na, rein in die Dusche, da kannst du pinkeln." Die beiden machten keine Anstalten, ihn dabei allein zu lassen, er stand immer noch mit einer harten Erektion da. Als sich seine Hand in Richtung seines Schwanzes bewegte, spürte er plötzlich Julias harten Griff an seinem Handgelenk. „Von Hingreifen hat niemand etwas gesagt." Peter sah sie hilflos und flehentlich an. „Bitte, es schmerzt schon." „Bitte was?", fragte Julia.

„Ich weiß nicht. Lasst mich bitte endlich pinkeln." Peters Gesicht war schmerzverzerrt. „Es hindert dich nichts als deine eigene Geilheit. Vielleicht hilft ja kaltes Wasser, deinen Steifen wegzubekommen?" Karin und Julia standen einfach da und beobachteten ihn. „Würdet ihr mir da bitte helfen?", brachte er schließlich heraus, die Schamesröte schoss ihm ins Gesicht.

„Er ist wirklich ein wenig schwer von Begriff", konstatierte Karin. „Dir ist verboten, deinen Schwanz zu berühren, nicht die Dusche oder den Wasserhahn. Ist das echt alles so schwierig zu verstehen?" Peter biss sich auf die Lippen, der Gedanke, warum er sich das alles gefallen ließ, war in diesem Augenblick weit weg. Er griff also nach der Handbrause, drehte das Wasser kalt auf und richtete den Strahl auf seinen Schwanz. Zumindest wirkte die Methode, seine Erektion brach sehr bald in sich zusammen, und er schaffte es, vor den beiden Frauen laufen zu lassen.

Zwei Frauen

„Nicht beim Essen, bitte. Lass das Spiel in den Szenen." Eine halbe Stunde später war Peter frisch geduscht und alle drei wieder angezogen, genossen die chinesischen und japanischen Köstlichkeiten, die Karin mittlerweile bestellt hatte. Er hatte versucht, das belanglose Gespräch, das Karin als Psychologin mühelos in Gang hielt, in Richtung der vielen Themen zu lenken, die ihn gerade beschäftigten. „Okay", sagte er und konzentrierte sich auf das Nasi Goreng, das vor ihm stand, und die Aufgabe, es mit einigermaßen Eleganz mit Stäbchen zu essen. Dazu gab es ein paar Flaschen chinesisches Bier. Zum Abschluss tranken sie noch die kleine Flasche Pflaumenwein aus, die der Lieferdienst als Zugabe gebracht hatte.

„Und, was fangen wir jetzt mit dem Nachmittag an? Noch fünf Stunden, bis wir die Kinder wieder abholen müssen." Es war Karin, die die Frage gestellt hatte. Peter schaute die beiden ratlos an, doch er konnte nicht einordnen, ob die Frage jetzt Teil des Spieles war. Nun, frisch gewagt ist halb gewonnen, dachte er sich. „Eigentlich bin ich gekommen, dich zu ficken, Karin.

Ich wäre nach wie vor nicht abgeneigt." Eine Weile war es totenstill im Raum, die beiden Frauen tauschten vielsagende Blicke aus. „Ja, warum nicht", sagte Karin dann. „Den Mutigen gehört die Welt. Julia?" Julia schaute Karin fragend an, sie hatte offenbar mit diesem Zug Karins nicht gerechnet. „Möchtest du auch mitmachen, oder überlässt du mir deinen Mann für mich allein?"

Julia kicherte. „Wenn Peter auch einverstanden ist, würde ich da nicht nein sagen", antwortete sie schließlich. Peter fühlte eine neue Woge der Erregung durch seinen Körper rauschen. Nicht alle seine Phantasien waren devot, ein Dreier mit den beiden Frauen war etwas, wovon er schon einige Male beim Spiel mit sich selbst geträumt hatte. „Von Herzen gern, liebste", antwortete er, stand auf und gab Julia einen zärtlichen Kuss auf den Mund.

Julia hatte Mühe, sich ihre eigene Aufregung nicht anmerken zu lassen, als sie den beiden ins Schlafzimmer folgte. Auch sie hatte ja ihren Mann noch nie zuvor mit einer anderen beobachtet, genau genommen konnte sie sich nicht einmal erinnern, je bei einem Dreier dabei gewesen zu sein. „Na, was ist, zieh dich mal aus, das hast du ja heute schon geübt", sagte sie daher rasch zu Peter, mehr um ihre eigene Unsicherheit zu überspielen. Peter war schon deutlich weniger konsterniert als noch am Vormittag und legte einfach seine Kleidung ab.

Karin schien deutlich weniger befangen, sie schlüpfte einfach aus dem langen T-Shirt, das sie sich zum Essen über die Dessous angezogen hatte, legte Slip und BH ab und kniete sich auf das Bett. „Du zuerst, Karin", sagte Julia, die nicht recht wusste, wie sie sich da einbringen sollte und darauf hoffte, dass sich das mit der Zeit schon ergeben würde. Sie setzte sich vorerst bequem in den Sessel, der in einer Ecke des Schlafzimmers stand, und beschloss, das Treiben der beiden erst einmal zu beobachten.

Karin musste sich erst einmal um Peters momentane Befangenheit kümmern. Sie schubste ihn also auf den Rücken, beugte sich einfach über ihn und begann ihn hingebungsvoll zu blasen. Julia beobachtete, wie Peters Schwanz sehr bald wieder steif wurde. Karin ließ seine harte Erektion schließlich aus ihrem Mund gleiten und setzte sich rittlings auf Peter, mit dem Rücken zu seinem Gesicht, sodass Julia ungehinderten Blick darauf hatte, wie sie Peter mit unglaublicher Leichtigkeit und Eleganz in sich aufnahm. Karin hielt ungeniert Blickkontakt zu Julia, als sie begann, Peter erst sanft und langsam, dann immer rascher zu ficken. Julia konnte nicht verhindern, dass ihre Hand zwischen ihre eigenen gespreizten Beine glitt und sie zu masturbieren begann. Karin grinste ihr aufmunternd zu und sorgte dafür, dass Peter Julia nicht so sehen konnte.

Als Peter beinahe so weit war, entließ Karin ihn aus ihrer Spalte. Sie ließ ihn einfach so angespannt und keuchend auf dem Bett liegen und schmiegte sich von einer Seite eng an seinen Körper. Peter schaute verwirrt, wagte aber nicht zu protestieren. Julia stand leise auf, schlüpfte aus ihrem Gewand und schmiegte sich auf der anderen Seite an Peter. Es war ein merkwürdiges Gefühl, seinen Schweiß zu riechen, seinen raschen Atem und seinen schnellen Herzschlag zu spüren, der Geruch der fremden Frau gab der Situation eine zusätzliche, ungewohnte Note.

Eine lange Weile lagen die drei einfach nur so da und genossen die ganz spezielle Atmosphäre. Dann begann Julia, die ihren Mann ja gut kannte, ihn ganz sachte zu berühren und zu streicheln. Sie richtete sich ein wenig auf, suchte und fand den Blickkontakt zu Karin. Die schien ähnliche Erfahrungen mit Peter zu haben, die beiden stimulierten ihn jetzt zärtlich von beiden Seiten. Julia, die neugierig war, überließ bald Peters Brust ganz der Fürsorge Karins und begann sich mit ihren Lippen Peters Bauch entlang vorzutasten. Seine schon wieder beginnende Erektion zeigte ihr, dass sie auf dem richten Weg war. Sein Schwanz war überzogen von Karins Nässe, Julia fühlte sich auf magische Weise von diesem glänzenden Pfahl angezogen. Schließlich erreichte sie ihn mit ihren Lippen, ließ erst die Zunge über seinen Schaft und seine Eier gleiten, nahm die Marke der anderen Frau jetzt auch mit dem Geschmackssinn in sich auf. Schließlich stülpte sie ihre Lippen weich über Peters Schwanz und begann ihn hingebungsvoll zu saugen.

Eine neue Woge der Erregung durchströmte Peter. Es war sehr selten, dass Julia ihm einen blies, und dazu die kundigen Hände von Karin auf seiner Brust, er fühlte, wie sich sein Körper noch einmal anspannte. Julia ließ jetzt seinen Schwanz aus ihrem Mund gleiten und setzte sich rittlings auf den Pfahl, der sich ihr entgegenstreckte. Sie bewegte sich kaum auf seinem Schwanz, masturbierte dazu aber heftig. Sie wusste, dass das gemeinsam mit ihrer Nässe kaum ausreichen würde, Peter zum Abspritzen zu bringen, sie verwendete Peter wie einen lebendigen Dildo, ließ sich selbst in eine Serie von Orgasmen treiben. Schließlich war sie fertig, ließ Peter einfach aus ihrer Spalte gleiten und legte sich keuchend neben ihm auf das Bett.

Karin übernahm wieder. Sie kniete sich mit weit gespreizten Beinen über Peter und senkte ihr Becken nur so weit ab, dass seine Schwanzspitze gerade zwischen ihre Schamlippen eindringen konnte. Julia machte sich derweil an seinen Eiern zu schaffen. Peter stöhnte bald laut vor Lustschmerz, Julia verstärkte von Zeit zu Zeit seine Stimulation ein wenig, in dem sie seinen Schaft wichste. Als die beiden merkten, dass sein Auslösepunkt erreicht war, zogen sie sich gerade noch rechtzeitig von seinem Schwanz zurück. Heftig zuckend spritzte Peter in hohem Bogen auf seinen eigenen Bauch.

Danach

Peter blickte ein wenig konsterniert an sich herunter. Er brauchte eine Weile, das eben Erlebte einzuordnen, er erinnerte sich an das Kapitel über den ruinierten Orgasmus und das Video dazu, das Julia im geschickt hatte. Er konnte auch jetzt nicht ganz nachvollziehen, was daran das spezielle Problem sein sollte, durch die fehlende Stimulation unmittelbar beim Abspritzen war die Empfindung zwar anders, aber nicht wirklich defizitär, er führte sich vor Augen, dass er das beim Masturbieren ganz unbewusst auch bisweilen so machte. Doch er hatte für solche Gedanken nicht lange Zeit: „Wie du schon wieder aussiehst, jetzt mach dich aber schleunigst sauber", hörte er Julias Stimme an sein Ohr dringen. Er schickte sich an aufzustehen, um ins Bad zu gehen, doch ihre Hand drückte ihn wieder ins Bett.

„Du wirst doch hier nicht herumtropfen und Karin den Teppich versauen wollen. Erst sauber machen, dann aufstehen." Er blickte sie hilflos an, bis er verstand, worauf sie hinauswollte. „Und jetzt mach, wir haben nicht mehr ewig Zeit. Dass man Männern immer alles dreimal erklären muss", setzte sie ungerührt nach. Karin war ihm auch keine Hilfe, sie stand einfach da und beobachtete die Szene. Schließlich blieb ihm nichts anderes übrig, als vor den beiden Frauen sein eigenes Sperma nach und nach mit den Fingern abzuwischen und in seinen Mund zu führen.

Nach dreimal war Julia zufrieden. „So, und jetzt ab in die Dusche mit dir, du bist schon spät, die Kinder zu holen. Ich bleibe noch eine Weile hier bei Karin." Peter war wieder ein wenig konsterniert, weniger wegen der Sache, er hatte ohnehin vorgehabt, die Kinder zu holen und gleich bei seinen Eltern zu Abend zu essen, sondern von der Plötzlichkeit, mit der Julia aus der Situation heraus wieder in den Alltag zurückwechselte. Die letzten Reste der erotischen Stimmung waren augenblicklich verflogen. Peter stand also ein wenig schwerfällig auf, streckte sich ein wenig und ging dann ins Badezimmer. Als er frisch geduscht und angezogen ins Wohnzimmer kam, saßen die beiden schon in ihren Morgenmänteln da und hatten noch eine Kanne Kaffee zubereitet. „Noch schnell eine Tasse, bevor du fährst?", fragte Julia.

„Nein, danke, ich bin wirklich schon spät." Peter küsste beide Frauen zum Abschied auf den Mund und machte sich auf den Weg, die Kinder zu holen. Die halbstündige Fahrt gab ihm Gelegenheit, das Erlebte ein wenig zu reflektieren und einzuordnen, doch für großartige Schlüsse reichte die Zeit nicht aus. Nur für den einen: Er würde sich die Sache wohl noch eine Weile weiter ansehen. So wenig geil war der heutige Tag trotz aller Eigenwilligkeit nicht gewesen. Als er schließlich in die Einfahrt des Hofes seiner Eltern einbog und die beiden Zwillinge schon mit einem „Papi, Papi" entgegengelaufen kamen, war er bald wieder ganz in seiner Rolle als Vater aufgegangen.

Ein paar Tage später

Als das Ehepaar ein paar Tage später wieder miteinander schlief, merkte Julia sofort, dass bei Peter etwas anders war. Sicher, der Sex zwischen den beiden war eingespielte Routine, doch Peter schien nicht recht bei der Sache zu sein und seinen eigenen Gedanken nachzuhängen. Julia kuschelte sich danach gemütlich in seinen Arm und entschied sich dann, das Thema anzusprechen: „Was ist los mit dir, Peter? Hängt dir der letzte Sonntag noch nach?"

Peter antwortete eine Weile nicht. Es fiel ihm immer noch schwer, über seine Empfindungen zu sprechen, die ihm selbst ja noch ganz neu waren. „Ich konnte nicht verhindern, mir dabei vorzustellen …", begann er zu sprechen. Julia wartete. „Was?", fragte sie dann anteilnehmend. Sie nahm seine Hand in die ihre, wollte ihm instinktiv Sicherheit geben. Peter räusperte sich. „Wie – er – dich fickt. Oder zuvor gefickt hat. Es war nicht zusammenhängend, mehr einzelne Bilder." Julia drückte seine Hand fester. „Wer – er. Sprich es aus, wen du gesehen hast." Peter brauchte wieder eine Weile. „Es war Frank", sagte er dann, „aber nicht nur er." Julia wartete eine Weile. „Wen noch? Sprich darüber, Peter, teile deine Phantasien mit mir." „Ein Schwarzer", sagte er schließlich. „Ein Schwarzer mit einem riesigen Schwanz."

Julia schauderte. Tatsächlich war das eine Phantasie, die sie auch schon länger hatte, aber irgend etwas hatte sie bis jetzt daran gehindert, auch nur in die Nähe einer Umsetzung zu kommen. Sie lächelte Peter an: „Vertraust du mir so weit, dass ich uns beide etwas näher an die Verwirklichung dieser Phantasien heranführe?" Peter konnte nur nicken.

„Aber du kannst auch etwas dazu beitragen", fuhr Julia fort. „Du weißt, ich werde dich nicht kontrollieren. Aber könntest du dich die nächsten paar Tage so beherrschen, dass du nicht mehr ejakulierst? Ich denke, dass das Erleben auf diese Weise für dich noch viel intensiver wird. Ich will dir nicht sagen, wie lang, auch das würde, denke ich, den Reiz des Spiels mindern. Glaubst du, du kannst das für uns beide tun?" „Ja schon, aber was ist mit dir?", fragte er zurück.

„Mit mir?", antwortete sie gedehnt. „Das ist doch ein Teil des Spiels, dass du das weder weißt noch beeinflussen kannst, mein Süßer." Sie grinste ihn an und schlug die Decke zurück. „Aber bevor wir damit beginnen: Geht es noch einmal, bevor die große Enthaltsamkeit beginnt?" Peter antwortete nicht, sondern kam über sie wie ein ausgehungertes Tier und verschaffte ihr einen der besten Orgasmen ihres Lebens.

C2

Die Tage fließen zäh

Es war eine Sache, fand Peter, immer wieder einmal ein paar Tage keinen Sex zu haben, weil es sich einfach nicht ergab. Aber eine ganz andere, mit der Bitte seiner Frau konfrontiert zu sein, es bis auf Weiteres zu lassen. Er konnte zumindest anfänglich nicht verhindern, dass seine Gedanken ständig um das Thema kreisten.

Sein Anruf bei Karin war von wenig Erfolg gekrönt. „Na mit dir hätte ich aber jetzt am wenigsten gerechnet, ich dachte, Julia und du haben einiges klarzumachen. Außerdem bin ich heute schon verabredet, tut mir leid, mein Lieber." Damit hatte sie aufgelegt. Und erreicht, dass seine Gedanken einen Abend lang darum kreisten, wo sich Karin wohl ihre Befriedigung sonst holte, er hatte ihre sonstigen Lover bis jetzt einfach ausgeblendet und sich keine Gedanken darüber gemacht.

Mit der Zeit fand sich Peter dann mit der Situation besser ab, er schaffte es, nicht mehr ständig an Sex zu denken. Er verbrachte allerdings einige Zeit damit, im Internet Seiten über Schwanzkäfige zu studieren. In manchen Momenten dachte er, es wäre wohl einfacher, eine fremdbestimmte Wartezeit mit einem solchen Käfig durchzustehen als ohne. Die vollkommene Abwesenheit von Überwachung und Kontrolle machte die Sache in seinen Augen nicht einfacher, im Gegenteil. Doch seit dem erfolglosen Anruf bei Karin war es Peter ernst damit, zumindest diese Aufgabe einmal zu erfüllen.

Ein überraschender Gast

Peter merkte sofort, dass irgend etwas anders war, als er an jenem Freitagnachmittag nach Hause kam. Von den Zwillingen war keine Spur, doch dafür hing ein Hauch eines fremden, ihm unbekannten Herrenparfums im Haus. Und kannte er nicht bei genauerem Nachdenken den Wagen, der neben ihrer Garageneinfahrt auf der Straße stand?

Es war ein kühler, windiger Tag. Als er ins Wohnzimmer kam, fand er Frank in seinem Lehnstuhl sitzen, Julia ihm schräg gegenüber auf dem Sofa. Sie hatte sich schick zurechtgemacht, trug schwarze Seidenstrümpfe zu einem Minirock, der im Sitzen immer wieder Blicke auf die nackte Haut ihrer Oberschenkel gestattete, dazu eine cremefarbene Bluse, die bis zum dritten Knopf geöffnet war und einen freizügigen Einblick auf ihren vollen Busen bot. Julia schien beim Friseur gewesen zu sein und sich auch sonst ein wenig zurechtgemacht zu haben. Sie begrüßte Peter nur flüchtig, wehrte einen Kuss ab und sagte stattdessen: „Schau, wer heute zu uns zu Besuch gekommen ist. Schön, dass du da bist, es wird bestimmt ein Abend, an den wir uns noch lange erinnern werden." „Hallo Frank", sagte Peter kühl in Franks Richtung und bot ihm förmlich die Hand an. Der ergriff sie, stand aber nicht auf. „Hallo Peter, schön, dass wir einmal Gelegenheit haben werden, uns ein wenig näher kennenzulernen."

Vor den beiden standen leere Sektgläser, eine halb geleerte Flasche stand in einem Kühler. „Wenn du schon stehst: Würdest du uns bitte nachschenken?", fragte Julia. Peter hob eine Augenbraue, sagte aber nichts und schenkte die beiden Gläser wieder voll, wofür der Rest in der Flasche gerade ausreichte. „Oje, hättest du auch mögen?", fragte Julia in besorgtem Ton. „Nein danke, Wie es scheint, muss ich ohnehin in die Küche, du bist ja hier – unabkömmlich." Die beiden tauschten Blicke aus, in Julias stand sehr deutlich ein „spiel mit, es ist schließlich für dich" zu sagen. „Du bist ein Schatz, außerdem bringt keiner den Rindsbraten so hin wie du."

Peter warf einen letzten Blick auf die beiden und war dann froh, dass er sich für eine Weile in die Küche zurückziehen konnte. Da Julia keine Anstalten machte, ihren Gast allein zu lassen, blieb ihm nichts übrig, als auch den Esstisch aufzudecken, für Getränke zu sorgen und die beiden schließlich zu Tisch zu bitten. Er unterdrückte seinen Impuls, die beiden beim Abendessen allein zu lassen.

Das Abendessen selbst verlief eher zäh, das eigentliche Thema konnte man ja nicht gut berühren. Es blieb an Peter, danach abzuservieren und die Küche wieder in Ordnung zu bringen. Dann beschloss er, den Spieß doch noch ein wenig umzudrehen. „Braucht ihr noch etwas?", fragte er die beiden, die im Wohnzimmer schon merklich auf Tuchfühlung gegangen waren. Auf Julias „nein danke" beugte er sich noch demonstrativ über Julia, die ihre Beine schon auf Franks Schoß liegen hatte, und ehe sie es abwehren konnte, hatte er sie auf den Mund geküsst. „Dann wünsche ich noch einen angenehmen Abend", sagte er leichthin und zog sich in sein Zimmer zurück.

Er bereute diesen Schritt allerdings sehr bald, denn tausend Gedanken gingen ihm durch den Kopf: Er hatte eigentlich keine Ahnung, was Julia genau plante, ob Frank nur am Abend oder über Nacht bleiben würde. Hatte er sich am Ende gerade selbst aus dem Spiel genommen? Er erwog, unter einem Vorwand noch einmal hinunter zu gehen, verwarf die Idee dann aber wieder. Hätte ihn Julia nicht gleich wissen lassen, wenn er hätte bleiben sollen?

Peter legte sich also auf sein Bett, griff nach der Fernbedienung des kleinen Fernsehers, den er in seinem Arbeitszimmer stehen hatte, und zappte lustlos durch die Kanäle. Seine Gedanken glitten immer wieder ab, dachten daran, dass seine Frau nur ein Stockwerk tiefer …

Er musste wohl doch ein wenig eingenickt sein, er schreckte auf, als er Schritte und Stimmen auf der Stiege und im Flur hörte. „… hat sein eigenes Schlafzimmer, keine Sorge …", drang als Wortfetzen an sein Ohr. Er blickte auf die Uhr, es war halb elf. Schwerfällig stand er von seinem Bett auf, seine

Glieder schmerzten, seine Blase drückte. Ein praktisches Problem stellte sich: Das eheliche Badezimmer war nur durch das Schlafzimmer zu erreichen. War das als Aufforderung Julias gedacht, noch einmal in Erscheinung zu treten? Peter überlegte, während er seine Kleidung ablegte und in seinen Morgenmantel schlüpfte. Leise trat er auf den Flur hinaus. Unter der Schlafzimmertüre schien noch Licht durch, man konnte gedämpfte Musik hören. Peter ging langsam, unentschlossen auf die Türe zu, hatte schon fast die Klinke in der Hand …

Da fiel sein Auge auf einen gelben Notizzettel, der an der Türe klebte. „Deine Sachen sind im Bad der Kinder. Gute Nacht, bis morgen früh." Hmpft. Er horchte noch eine Weile an der Schlafzimmertüre, bis er sich dabei selber lächerlich vorkam, dann erledigte er rasch seine Toilette im anderen Badezimmer und kehrte wieder in seinen Raum zurück.

Im Bett lag er noch lange wach, die Gedanken an das, was keine zehn Meter von ihm im Nebenzimmer vorging, trieben ihm erbarmungslos das Blut in seine Schwellkörper. Mehr als einmal war seine Hand bereits unter der Bettdecke, doch erinnerte ihn sein Über-Ich jedes mal wieder an die Bitte Julias, bis auf Widerruf enthaltsam zu bleiben. Über der Frage, warum er sich daran gerade so stark gebunden fühlte, musste er dann wohl eingeschlafen sein.

Am nächsten Morgen

Peter wachte aus seinem Dämmerschlaf auf, als er den Messenger auf seinem Mobiltelefon piepsen hörte. Er hatte am Vorabend noch erwogen, sich ausgiebig mit sich selbst und seiner Pornosammlung zu beschäftigen, die Sache war ihm dann aber im Vergleich zur Wirklichkeit doch ein wenig platt und schal vorgekommen, er hatte stattdessen eine ausgiebige Badewanne genossen, seine Schambehaarung sorgfältig getrimmt und war dann bald auf dem Sofa in seinem Arbeitszimmer eingeschlafen.

„Bringst du mir bitte einen Kaffee vorbei?" Es war eine Nachricht von Julia. Das „einen" fand er bemerkenswert, doch die Neugier gewann dann doch die Oberhand, zehn Minuten später stand er mit einer Tasse dampfenden Kaffees im ehelichen Schlafzimmer. Julia war nicht allein, Frank räkelte sich nackt, wie er noch war, neben ihr in seinem (seinem!) Ehebett, der Geruch von Sex und Franks Parfum hing sehr deutlich in der Luft. „Guten Morgen, Liebling. Da ist wohl ein Kaffee zu wenig?", schaffte Peter einigermaßen beherrscht zu sagen, während Frank ihn unverschämt von oben bis unten musterte. Ein kurzer Blick auf Franks Schwanz verunsicherte ihn einigermaßen, zumindest in der Situation schien er ihm beachtliche Größe zu haben. Julia lächelte ihn mit einer Mischung aus Unschuld und Geilheit an. „Guten Morgen. Der Kaffee ist für Frank, ich muss mich jetzt erst mal um meinen Mann kümmern." Peter bemühte sich, sich seine Verwirrung nicht allzu sehr anmerken zu lassen, reichte die Tasse an Frank weiter und beugte sich über seine Frau, um sie zu küssen. Ihre Lippen schmeckten salzig, er bemerkte auch Spermaspuren in ihrem wirren Haar. Er fühlte, wie Geilheit augenblicklich Besitz von ihm ergriff.

Julia streckte die Hand aus und fuhr spielerisch über die Beule, die sich durch seinen Pyjama deutlich abzeichnete. Sie räkelte sich ein wenig im Bett und ließ die Decke teilweise von ihrem nackten Körper rutschen. „Hat er dich jetzt grad noch mal gefickt?", hörte Peter sich selber zu seinem eigenen Erstaunen fragen. Julia kicherte: „Find's doch raus", grinste sie ihn frech an und öffnete ihre Beine ein Stück weit.

Peter konnte seinen Blick kaum von ihrer nass glänzenden Spalte abwenden, auf der Franks Samen klebte und zwischen den aufklaffenden Schamlippen silbrige Fäden zog. Mechanisch zog er erst sein T-Shirt über seinen Oberkörper und schlüpfte dann aus seinen Shorts. Frank nahm einen großen Schluck von seinem Kaffee und rückte ein wenig zur Seite, um Peter Platz zu machen. „Deine Frau, mein Freund", feixte er.

Peter nahm die Bemerkung kaum wahr. Julia griff wieder nach seinem Schwanz und sah im genau in die Augen, als sie ihn leicht wichste.

„Macht dich das an, deine frisch besamte Frau hier so liegen zu sehen?" Peters Hals wurde trocken, er schaffte es kaum zu antworten. „Ja, es macht mich unglaublich an." Julia spreizte ihre Beine weiter. „Möchtest du deine Frau jetzt auch ficken?" Sie wichste ihn bei dieser Frage ein wenig stärker. „Ja, ich bin unheimlich geil auf dich, Julia", schaffte er es zu antworten.

„Aber nur wenn du versprichst, mich nachher gut sauber zu lecken", antwortete sie. „Und so, dass ich auch etwas davon habe." Sie grinste ihn unverschämt an, doch sie wusste, dass sie bereits gewonnen hatte. „Alles, was du möchtest, Liebling, nur ..." „Na dann komm schon her", kicherte sie und ließ sich von der ungestümen Geilheit Peters überrollen, die sie in dieser Intensität seit der Geburt ihrer Zwillinge von ihm nicht mehr erlebt hatte. Er drang mit seiner mächtigen Erektion in ihre nasse Spalte ein, und sie sorgte mit ein paar routinierten Tricks dafür, dass er nicht mehr als zwei Minuten brauchte, bis er heftig in sie abspritzte.

„So, und jetzt kommt dein Teil", sagte sie, immer noch leicht keuchend. „Sicher?", fragte Peter, der den Gedanken jetzt, wo seine Lust befriedigt war, schon weit weniger attraktiv fand. „Na sicher, was dachtest du? Von deinem Ego-Fick bin ich ja nicht mal richtig warm geworden. Also lass dir wenigstens jetzt Zeit. Du darfst mal außen beginnen."

Peters innerer Widerstand brach ziemlich unvermittelt weg. Er legte sich bäuchlings zwischen Julias weit offene Beine und begann, mit Zunge und Lippen die Spuren des Sperma erst von ihrer Vulva und ihren Oberschenkeln zu lecken. Der intensive Geruch füllte seinen Kopf, es gelang ihm bald, die Abscheu mental weit wegzuschieben, die er gegen Franks Sperma empfand. Er fühlte, wie der Körper seiner Frau vor immer noch unbefriedigter Lust bebte, wie ihre eigenen Säfte wieder zu fließen begannen, die Mischung von Düften um ihr eigenes Aroma anreicherten.

„Sehr brav, und jetzt innen bitte." Peters Verstand war ausgeschaltet, er gehorchte ihrer Stimme einfach, teilte mit seiner Zunge ihre fleischigen Schamlippen und drang tief in ihre Liebesgrotte ein. Er kannte seine Frau genau genug, um zu wissen, wie er sie oral absolut befriedigen konnte, und bereits zehn Minuten später stöhnte sie in einer Woge von aufeinander folgenden Orgasmen, der Geschmack in Peters Mund wurde immer mehr von ihren frischen Säften dominiert. Seine eigene Erektion meldete sich wieder zu Wort.

Er sah sich unbewusst um, doch Frank hatte das Ehebett schon verlassen, man hörte aus dem Badezimmer Wasser fließen. Er fragte also nicht lange, sondern glitt einfach wieder auf sie und drang noch einmal zärtlich in sie ein. Julia öffnete überrascht die Augen, doch sie ließ ihn gewähren. „Aber du weißt, dass du dann nachher noch einmal sauber machen musst", keuchte sie noch, wenig überzeugend, wie sie fand. Doch Peter schien der Gedanke wieder zu erregen. Auch wenn er sich Zeit ließ, ergoss er sich doch recht bald ein zweites Mal an diesem Morgen in sie.

Julia und Karin

„Tja, und jetzt weiß ich nicht recht, wie ich weiter tun soll." Julia nahm den letzten Schluck aus der Tasse Tee, die in Karins Wohnzimmer vor ihr stand, und blickte diese erwartungsvoll an. Karin hatte ihr interessiert zugehört, aber es nicht ganz geschafft, ihre sonst übliche professionelle Distanz zu wahren, dazu fühlte sie sich viel zu sehr von Julia in eine Sache involviert, in die sie eigentlich so intensiv gar nicht hineingezogen werden wollte. Sicher, sie hatte den Dreier mit Julia ganz amüsant gefunden, aber sie verspürte wenig Lust, sich Peter gegenüber in eine Machtposition drängen zu lassen, und schon gar nicht in eine, die in Wirklichkeit von Julia ferngesteuert war und sie selbst genauso beschränkte wie Peter.

Doch so direkt würde sie das Julia nicht sagen. „Hmm, nicht einfach", begann sie daher, mehr um Zeit zu gewinnen. „Eigentlich fragst du da die falsche, ich hab mit dieser Spielart sehr wenig Erfahrung, du weißt ja, ich nehme es mehr, wie es kommt." Karin schwieg eine Weile und überbrückte die Zeit damit, sich Tee nachzuschenken und umständlich ein paar Stücke Kandiszucker in der frischen Tasse aufzulösen. „Ich meine, nach allem, was ich darüber weiß, müsstest du jetzt beginnen, seine sexuelle Selbstbestimmung zu beschränken. Wie immer du das anstellst, dafür scheint es keine fixen Regeln zu geben." „Bis jetzt habe ich da an seine Disziplin und an sein Ehrgefühl appelliert", antwortete Julia nachdenklich. „Aber ich fürchte, das wird auf Dauer nicht ausreichen. Wenn ich mich ihm verweigere und es ihn gleichzeitig geil macht, dass ich es mit Frank tue, dann wird er sich mit der Zeit Auswege suchen." Julia sah dabei Karin prüfend an.

Karin schauderte, als sie begriff, wie viel Hoffnung Julia in dieser Frage in sie setzte. Ja, klar, überlegte sie, sie war schließlich Peters naheliegender „Ausweg", auch wenn sie dieses Wort für ihre Rolle in diesem Spiel absolut nicht mochte. Zeit, hier rasch eine klare Grenze zu ziehen. „Ja, das kann natürlich gut sein", antwortete sie vage. „Die Frage ist, wie du das unter Kontrolle halten kannst – und auch willst", setzte sie nach. Julia biss sich ein wenig auf den Lippen herum. „Natürlich habe ich mich auch mit der Möglichkeit mechanischer – Hilfsmittel auseinandergesetzt", brachte sie schließlich heraus. Sie kam sich plötzlich vor wie ein Schulmädchen, das Pubertätsprobleme mit ihrer Lehrerin bespricht. „Aber die Implikationen, die so etwas im realen Leben hat, scheinen mir doch zu stark dagegen zu sprechen. Und wenn es nur symbolisch ist, ist es ja irgendwie sinnlos."

Karin sah keinen Grund, Julia von dieser Meinung abzubringen. Auch wenn sie ein paar andere Liebhaber hatte: Mit denen war es in Wirklichkeit nicht weit her, sie schätzte Peter als zuverlässige und konstante Größe in ihrem Leben. Da Julia drauf und dran schien, sie direkt darum zu bitten, ihren Kontakt mit Peter abzubrechen, beschloss Karin, ein wenig vom Thema abzulenken. „Übrigens habe ich Frank dieser Tage einmal getroffen. Ich muss sagen, ein wirklich netter Kerl, ich kann schon mehr nachvollziehen, dass du dir den als nette Abwechslung hältst." Sie nahm wieder ihre Teetasse zur Hand, rührte ein wenig darin herum, lehnte sich nach einem Schluck genüsslich auf dem bequemen Sofa zurück und weidete sich an der Verwirrung, die sie mit diesem leichthin eingeworfenen Satz bei Julia angerichtet hatte.

Die brauchte momentan ihre ganze Beherrschung, sich ihre momentane Fassungslosigkeit nicht allzu sehr anmerken zu lassen. Nicht nur, dass Karin keinerlei Interesse daran zeigte, sie bei ihren Plänen mit Peter zu unterstützen: Sie hatte ihr auch mit der größten Selbstverständlichkeit geoffenbart, dass sie sich an Frank – ihren Frank – herangemacht hatte und ihn offenbar schon erfolgreich in ihr Bett gelockt hatte. Julia war allerdings selbst überrascht von der Heftigkeit der Eifersucht, die sie momentan empfand. Sie fragte sich, warum sie kein Problem damit hatte, Peter, immerhin ihren Ehemann, mit dieser Karin zu teilen, aber Frank, ihre Eroberung, dieser Frau nicht gönnte. Plötzlich hatte sie starkes Verlangen nach einer Zigarette, wollte aber Karin nicht fragen, ob sie rauchen durfte. Sie griff also nervös nach ihrer Teetasse, leerte sie mit einem großen Zug, was wegen der zu hohen Temperatur höllisch in ihrer Speiseröhre brannte, und schenkte sich nach. Sie musste ihre Emotionen rasch in den Griff bekommen.

„Eine nette Abwechslung mag er für dich sein", schaffte sie es schließlich einzuwerfen. „Aber wenn er in meiner Beziehung mit Peter die Rolle des Bulls einnimmt, dann ist er wohl weit mehr als das. Dann gehört er wohl irgendwie schon mit dazu."

Julia sah Karin angriffslustig an. „Holla, touché", dachte die insgeheim, achtete aber darauf, sich nicht dabei erwischen zu lassen, selbstgefällig zu schmunzeln. „Na ja, so wie ich das sehe, muss er das wohl erst noch werden. Bis jetzt geilt sich nur dein Mann dran auf, dass du dich von ihm ficken lässt. Kennen sich die zwei überhaupt?" Julia schnappte nach Luft. Wenn sie ehrlich zu sich war, stimmte das natürlich, aber wollte sie sich das wirklich von Karin sagen lassen? Von der Karin, die ansonsten keine Geneigtheit zeigte, mit ihr zu kooperieren?

„Auch der längste Weg beginnt mit dem ersten Schritt", antwortete sie schließlich. „Aber natürlich hast du recht, mit der Zeit werde ich Peter intensiver mit Frank konfrontieren müssen. Vielleicht ist das sogar wichtiger, als in ansonsten hundertprozentig keusch zu halten, schließlich ist Peter ja sein sehr erfahrener und einfühlsamer Liebhaber, wie dir sicher nicht entgangen ist." Karin gestattete sich ein Lächeln. „Ja, das ist er wohl. Ich muss dich dann übrigens bitten, langsam zu gehen, ich habe heute Abend noch eine Verabredung und möchte mich dafür gern noch in Ruhe herrichten." Diesmal war Julia besser vorbereitet. Peter würde heute Abend nicht zu Hause sein, sie hatte nicht danach gefragt, was er vorhatte. War es möglich, dass er ...? Sie hatte ihm jedenfalls nach ihrer letzten intimen Begegnung keine besonderen Aufträge erteilt. „Ja, selbstverständlich, ich bin dir ja ziemlich spontan hereingeschneit, ich habe dir zu danken, dass du dir so kurzfristig Zeit genommen hast." Julia nahm ihre Tasse zur Hand, die zum Glück schon ein wenig ausgekühlt war, und trank sie langsam und bedächtig aus. Sie stand auf, griff nach ihrer Handtasche, reichte dann Karin die Hand. „Und auch dafür, dass du mir so nett behilflich bist, meinen Mann bei Laune zu halten. Ciao jetzt, Liebes." Sie wartete die Antwort Karins nicht ab, drehte sich am Absatz um und verließ die Wohnung, nicht ohne die Eingangstür ein wenig geräuschvoller ins Schloss fallen zu lassen, als notwendig gewesen wäre.

Karin schmunzelte noch eine Weile vor sich hin, als Julia gegangen war. „Das hat wohl nicht ganz so geklappt, wie du es dir vorgestellt hast, Süße", sagte sie mehr zu sich selbst. „Damit, wo sich dein Mann heute Abend herumtreibt, hattest du allerdings nicht ganz unrecht." Es war für Karin nicht schwierig gewesen, Julias unausgesprochenen Gedanken zu erraten. Peter würde in einer Stunde hier sein, Zeit, sich zurechtzumachen.

Julias Plan

Julia hatte zunächst keine Zeit, sich mit ihrer Enttäuschung über Karin und deren Implikationen Gedanken zu machen. Es war Peters freier Abend, sie musste sich schon beeilen, rechtzeitig zu Hause zu sein, die nächsten drei Stunden würden wohl die Zwillinge in Anspruch nehmen. Als sie ins Haus kam, saßen die beiden Kinder begeistert vor dem Fernseher, während Peter, der sie aus der Nachmittagsbetreuung der Schule abgeholt hatte, schon ausgehfertig im Wohnzimmer auf dem Sofa saß und in der Abendzeitung blätterte, die er wohl auf dem Heimweg vom Büro mitgebracht hatte. Julia wusste, was das für sie bedeutete: Hausübungen kontrollieren, Abendessen, über den Tag reden, Baden, Gute Nacht-Geschichten erzählen, und schließlich todmüde selbst vor dem Fernseher landen.

Doch sie konnte sich nicht beklagen: Peter tat all dies an den Abenden, an denen sie freihatte, mit genau derselben Selbstverständlichkeit. Im Grunde lief ihre Ehe gut, ja offenbar fast zu gut, sonst hätten sie wohl schwerlich den Kopf dazu, sich mit den subtileren Seiten ihrer sexuellen Beziehung auseinanderzusetzen. Ein wenig abwesend erwiderte sie Peters Abschiedskuss, sie hatte momentan nicht den Kopf für Gedanken, ob er jetzt zu Karin ficken gehen würde. Stattdessen schaltete sie in den Mama-Modus, setzte sich zu den beiden Mädchen auf den Wohnzimmerteppich und versuchte sich in die Zeichentrick-Clips einzudenken, die die beiden ansahen. Bald kicherten sie zu dritt, während Peter kopfschüttelnd das Haus verließ. Die Bandbreite seiner Frau faszinierte ihn immer wieder.

Drei Stunden später waren die beiden Mädchen endlich erschöpft eingeschlafen. Doch Julia unterdrückte ihren Reflex, sich einfach auf das Wohnzimmersofa zu legen und bei irgend einer Soap einzudösen, sie musste sich mit ihrer neuen Situation auseinandersetzen. Was sie sich so einfach vorgestellt hatte, nämlich Peter seinen bequemen Zugang zu Karin abzuschneiden, um eine exklusive Bühne für die Inszenierungen zu haben, die sie ihm bieten wollte, würde wohl so nicht funktionieren. Außerdem musste sie darüber nachdenken, warum es sie gar so eifersüchtig gemacht hatte, dass Karin Frank in ihr Bett gelockt hatte.

Zumindest die zweite Frage war einfach zu beantworten, wenn Julia ehrlich zu sich selber war: Frank war ein attraktiver Single, und es erfüllte sie mit einigem Stolz, sein Interesse geweckt zu haben. Und auch mit ein wenig Verliebtheit. Eine symmetrische offene Beziehung zu führen, das war eine Sache. Aber auch wenn Frank bei Julias Eskapaden mitmachte, war ihr schon klar, dass der eigentlich eine feste Beziehung suchte – und sei es nur als stabile Plattform für unverbindliche Abenteuer nebenher. Und da hatte die Frau Psychologin, auch selbst ungebunden, eindeutig das bessere Angebot als eine ein wenig aus den Fugen geratene Ehefrau und Mutter.

Blieb die erste Frage: Wie sollte sie weiter mit Peter umgehen? Ein starker Impuls meldete sich ihn ihr zu Wort, die Sache einfach abzubrechen, solange dazu noch Zeit war. Doch andererseits: Beide hatten von dem schweren Wein kaum noch genippt, der Großteil befand sich noch in der Flasche und wartete darauf, entdeckt zu werden. Das galt natürlich nicht nur für Peter: Auch Julia verband ja mit dem Cuckolding-Spiel einiges an Phantasien und Erwartungen. Und einmal abgebrochen, würde es sich wohl nicht mehr wieder aufnehmen lassen, zumindest nicht mit derselben Authentizität, mit derselben Ungewissheit, was Erwartungen, Handlungen und Ernsthaftigkeit des Partners anbelangte.

Doch die Schwierigkeit bestand darin, dass Peter nicht aus Zwang oder Gleichgültigkeit mitmachen musste, sondern aus Überzeugung. Das war nun der schwierige Part, vor allem, wo sie ihm seine Auswege nicht versperren konnte. Und eigentlich auch nicht wollte. Für Julia war das Spiel, das sie da begonnen hatten, ja keine Manifestation von Machtgefälle um des Machtgefälles willen, sondern eine Erfahrung, die sie als Paar gemeinsam machen wollten. Und es war ihr vollkommen bewusst, dass die eigentliche Herausforderung darin bestand, Peters sexuelles Interesse an ihr wach zu halten, trotz oder wegen der Beschränkungen, die sie ihm auferlegen würde, und trotz oder wegen des Fickens mit anderen Männern, an dem sie ihm würde Anteil haben lassen.

Doch jetzt genug davon. Julia dämpfte ihre letzte Zigarette aus, schloss die schon etwas zerfledderte Kladde, in der sie sich einige Notizen gemacht hatte, und löschte das Licht in dem kleinen Extrazimmer, das sie als Arbeitszimmer nutzte und in dem sie sich das Rauchen nicht verbieten ließ. Sie sah auf dem Weg in das eheliche Schlafzimmer noch einmal nach den Zwillingen, doch die beiden schliefen tief und fest. Sie sehnte sich jetzt nach Peter, doch sie konnte sich ausrechnen, dass er ihr beim Heimkommen sowieso nicht mehr zur Verfügung stehen würde. Er vermied es zwar, allzu offensichtlich nach anderen Frauen zu riechen, aber die Leistungsfähigkeit eines Mannes war nun einmal begrenzt, das war Peter keine Ausnahme. Sie warf also ihr Gewand achtlos auf den Boden des Schlafzimmers, kramte in ihrer Nachttischlade, bis sie gefunden hatte, was sie suchte. Sie legte sich breit und ungeniert auf das breite Bett, verteilte eine großzügige Portion Gleitmittel auf dem riesigen Dildo, den sie ausgesucht hatte, und rammte sich den ohne weiter Umstände tief in ihre feuchte Grotte. Über die Phantasien, die sie binnen Minuten zu einer Serie von Orgasmen trieben, hüllen wir den gnädigen Mantel des Schweigens.

Als Peter gar nicht viel später heimkam, fand er seine Frau nackt, tief und fest schlafend in der Mitte des Bettes liegen, den Dildo noch locker in einer Hand. Da er seine Bettseite nicht beanspruchen konnte, ohne sie zu wecken, übersiedelte er wieder einmal auf das Sofa in sein Arbeitszimmer. Er würde wohl nicht darum herumkommen, es durch ein anständiges Bett zu ersetzen, war sein letzter Gedanke, bevor auch er eingeschlafen war.

Der nächste Schritt

„Ich habe dir übrigens etwas besorgt. Möchtest du sehen?" Peter und Julia hatten wieder einmal ein kinderfreies Wochenende, sie waren am Samstagabend gemeinsam essen und im Kino gewesen, hatten am Sonntagmorgen lang geschlafen und sich dann ausgiebig dem ehelichen Liebesspiel gewidmet. Julia hatte sich besondere Mühe gegeben, ihr Körper war frisch rasiert, sie hatte sich sogar dazu überwunden, Peter bis zur Vollendung zu blasen, bevor sie ihn sehr gekonnt wieder auf seine Phantasien angesprochen und ihm verbal ordentlich eingeheizt hatte und sich schließlich ein zweites Mal von ihm überrollen ließ, was auch ihr eine Serie von intensiven Orgasmen eingebracht hatte.

Peter lag träge an ihrer Seite. „Klar, was ist es denn?" Sie reichte ihm eine kleine Box und sah ihn erwartungsvoll an. Er öffnete den Deckel, darunter verbarg sich eine etwa zehn Zentimeter große glänzende Metallkonstruktion und ein paar Kleinteile, alles ordentlich auf einer schwarzen Unterlage arrangiert. „Sieht hübsch aus, aber was ist das?", fragte er. Julia grinste ihn an. „Na wo würde es denn gut hinpassen?", fragte sie und konnte es nicht lassen, dabei seinen Schwanz ein wenig mit einer Hand zu kraulen.

Peters Ausdruck wechselte. „Das ist aber jetzt nicht dein Ernst, oder?", fragte er dann. „Meiner?", frage sie zurück und drückte ein wenig auf seine Eier, bis er leise aufstöhnte. „Die Frage ist, doch, ob das eine Erfahrung ist, die du einmal gern eine Weile machen möchtest. Du weißt doch, ich zwinge dich zu nichts." Peter nahm das stählerne Ding vorsichtig aus der Schachtel und befühlte es mit beiden Händen. Es hatte wegen seiner massiven Ausführung doch einiges Gewicht. „Und was tut das jetzt genau?", fragte er schließlich, mehr um irgend etwas zu sagen. „Nichts eigentlich. Es umschließt einfach deinen Schwanz und verhindert durch seine Ausmaße eine Erektion." Julia war stolz darauf, dass es ihr gelungen war, diesen Satz einigermaßen beiläufig klingen zu lassen.

Peter drehte das Ding eine Weile in seinen Händen. „Und wie hält das ganze überhaupt? Überstülpen wie einen Gummi wird da wohl nicht reichen, denke ich." „Willst du es vielleicht einmal versuchen? Ich denke, so weit kannst du mir vertrauen, dass ich es nicht abschließe, ohne dass du damit einverstanden bist. Außerdem …" Julia hielt inne, sie wartete ab, bis Peter die Implikation ihrer Worte realisiert hatte. Jetzt bloß den Spannungsbogen nicht abreißen lassen, er sollte neugierig bleiben und das Ding nicht einfach als albern abtun. „Außerdem – was?", fragte Peter nach. „Du darfst dir nicht vorstellen, dass das mit einem martialischen Schloss versperrt wird. So etwas gibt es nur in der Phantasie. Das hier …", sie griff nach einem kleinen Plastikding mit einem Bügel, von dem mehrere in der Schachtel lagen. „Das hier ist viel subtiler. Es wird einmalig verschlossen, man kann es leicht mit einer Schere öffnen, aber dann ist es kaputt. Doch der Trick daran ist: Man kann das nicht unbemerkt tun."

„Warum nicht, wenn man mehrere solche Dinger hat?", fragte Peter, der sich jetzt vor lauter Neugier willig von der Hauptsache ablenken zu lassen schien. Julia lächelte. „Jedes trägt eine 8-stellige Nummer, die es nur einmal gibt. Du würdest erklären müssen, warum sie nicht mit der übereinstimmt, die ich notiert habe."

Julia nützte Peters momentanes Erstaunen, einen Schritt weiterzugehen. „Na was ist? Neugierig, wie es sich anfühlt?" Peter schwieg eine Weile. „Ja schon, aber das ist noch keine Entscheidung, dass ich das über längere Zeit tragen möchte." „Natürlich, das ist ganz allein deine Entscheidung. Und wie gesagt: Ein Schnipp mit der Schere …" Der Gedanke beruhigte Peter, und so ließ er es zu, dass Julia ihm einen Stahlring um seine Schwanzwurzel legte und den Käfig locker aufsteckte. Er schaute an sich hinunter, er spürte den Käfig kaum, was wohl daran lag, dass er nach dem Ficken erschlafft war und auf dem Rücken lag. „Wenn du wissen willst, wie er sich im Tragen anfühlt, werde ich ihn verschließen müssen, so fällt er zu Boden", setzte Julia nach und ließ ihn durch leichten Druck fühlen, dass jedenfalls seine Eier außerhalb des Käfigs bleiben würden. Sie zeigte ihm das Schloss, das ihm so ähnlich zu funktionieren schien wie ein Kabelbinder: Einmal zugezogen, würde sich die Lasche nicht mehr aus ihrer Aufnahme lösen lassen. Die Nummer war auf ein kleines Plastikplättchen aufgeprägt, das Teil des extrudierten Teils zu sein schien. So viel war klar: Man konnte das Ding leicht zerstören, die Zerstörung aber kaum mehr ungeschehen machen. „Na gut", sagte er, „probieren schadet ja nicht." „Sicher?", fragte Julia zurück. „Ja, sicher", sagte Peter, schon fast ungeduldig. Sie zog also die Lasche erst durch die Bohrung des Spornes, der den Käfig am Schwanzring hielt, und ließ sie dann in der Aufnahme des Schlosses einrasten. Das ganze ratterte wirklich wie ein Kabelbinder.

Peter stand auf. Natürlich spürte er das Gewicht des Käfigs ein wenig an seiner Schwanzwurzel, aber er verursachte keine Beengung und keine Schmerzen. Als er allerdings spielerisch ein wenig am Käfig zog, überraschte ihn, wie schnell ihn der Druck auf seine Eier von weiteren derartigen Versuchen abhielt. „Du kannst ihn ja vorläufig mal anbehalten", meinte Julia. Peter ging mit dem Käfig eine Weile im Schlafzimmer auf und ab. „Achte nur darauf, dich beim Pinkeln hinzusetzen, es dürfte schwierig sein, durch das Gitter genau zu zielen." Julia grinste, sie versuchte, seine Aufmerksamkeit auf den Nebensächlichkeiten zu halten. „Waschen kannst du dein bestes Stück leicht, entweder baden, oder die Vorhaut zurückziehen und abduschen, meinte die Verkäuferin."

Peter dachte nach. „Aber wenn ich die Vorhaut bewegen kann, kann ich doch trotzdem …", meinte er und schaute verschmitzt. „Versuche es, es ist dein Spielzeug", antwortete Julia ebenso verschmitzt. Es war seiner Aufmerksamkeit wohl entgangen, dass der Käfig die andere wesentliche Voraussetzung für eine Ejakulation verlässlich verhindern würde. „Wie gesagt, du kannst ja die Sache jederzeit beenden, ohne mich zu fragen. Allerdings …" Julia brach wieder mitten im Satz ab. „Allerdings – was?", fragte Peter zurück. „Allerdings hast du die Möglichkeit zu einem Abbruch nur ein Mal, es gibt dann keine Wiederholung. Also wenn du neugierig bist, was ich mir für dich noch so alles ausgedacht habe …"

Peter begann langsam die Implikationen dessen zu begreifen, dass das kleine Plastikschloss vor nicht einmal zehn Minuten eingerastet war. Julia machte also die Erfüllung seiner geheimsten Phantasien davon abhängig, dass er ihr die Kontrolle über seine Sexualität vollständig überließ. Und in diesem Augenblick spürte er auch das erste Mal, was der Käfig im Ernstfall noch zu leisten vermochte: Eine äußerst unangenehme Kombination aus Druck und Ziehen bestrafte ihn augenblicklich für die Erektion, die sich bei all diesen Gedanken nicht mehr verhindern ließ.

Julia setzte noch eins drauf: „Du hast jedenfalls jetzt den Tag, um darüber nachzudenken, was du für dich daraus machst. Ich bin jetzt verabredet, würdest du bitte Nachmittag die Kinder abholen, es könnte bei mir später werden." Damit ließ sie den reichlich verdatterten Peter einfach stehen, zog sich seelenruhig an und war zehn Minuten später verschwunden.

C3

Peter

Peter brauchte erst einmal eine Weile, bis er begriff, dass er immer noch nackt und mit diesem neuen Ding auf seinem Schwanz allein im gemeinsamen Schlafzimmer stand. Er fröstelte bereits ein wenig, er griff nach seinem Morgenmantel und zog ihn fest um seinen Körper. Sein erster Impuls war, einfach in die Küche zu gehen, sich eine Schere zu holen, das Plastikschloss aufzuschneiden und dieser lächerlichen Farce ein schnelles Ende zu bereiten. Entschlossen machte er sich also auf den Weg, nahm die beiden Treppenabsätze und stand bald in der geräumigen Wohnküche. Die Schere hin fein säuberlich an ihrem Platz, ein Handgriff würde das Problem beenden.

Doch würde es? Peter starrte das Werkzeug eine lange Weile an. Dann wandte er sich um und setzte sich erst einmal an den Küchentisch. Die Worte seiner Frau klangen in seinem Ohr nach: „Also wenn du neugierig bist, was ich mir für dich so alles ausgedacht habe …" Er stützte die Ellbogen auf die Tischplatte und begrub sein Gesicht in beiden Händen. Schließlich hatte er heute noch den ganzen Tag Zeit, das Ding zu entfernen war eine Angelegenheit von einer Minute. Wozu also die Hast? Und ein klein wenig neugierig war er schon auch, wie sich so ein Schwanzkäfig in der Lebenspraxis anfühlte und handhaben ließ. Er beschloss also, die Entscheidung zu verschieben.

Also erst einmal ins Bad, da konnte er schon eine ganze Menge herausfinden. Er stellte sich also in die Dusche und ließ erst einmal seinem schon dringenden Harndrang freien Lauf. Gut, stellte er fest, hier würde Julia recht behalten, im Stehen war mit diesem Ding nichts auszurichten, das kleine Loch, an dem die zusammenlaufenden Gitterstäbe angeschweißt waren, war eher ein Hindernis als eine Hilfe. Er öffnete also den Wasserhahn und stellte sich erst mal ganz normal unter die Dusche. Er wartete die paar Minuten, bis ihm wieder richtig warm geworden war, dann wandte er sich wieder dem noch ungewohnten Teil an seinem Schwanz zu. Das Stahlgitter selbst zu reinigen, bereitete offenkundig keine Schwierigkeiten, das Wasser lief auch problemlos über die äußere Haut seines Penis. Die spannende Frage war: Wie konnte er den Bereich unter der Vorhaut gut reinigen?

Mühevoll, aber doch war es möglich, durch das Gitter die Vorhaut zurückzuziehen. Er konnte die Eichel zwar nicht wie gewohnt mit der Hand abwaschen, aber es schien ihm genug Wasser unter den Rand zu dringen, um auch so eine gründliche Reinigung zu ermöglichen. Allerdings musste er dabei vorsichtig zu Werke gehen, die sich neuerlich bildende Erektion war und blieb schmerzhaft. Die Eichel drückte unangenehm gegen den kleinen Stahlring, und durch den Zug rutschte der Reifen um seine Schwanzwurzel augenblicklich hoch und quetschte seine Eier. Er würde also versuchen müssen, nicht gerade unter der Dusche geilen Gedanken nachzuhängen wie zum Beispiel dem, mit wem seine Frau wohl heute wieder verabredet sein mochte. Und die Idee, in dem Ding zu wichsen, musste er wohl auch wieder verwerfen, das war – wenn es überhaupt möglich war – wohl etwas für Masochisten.

Peter stieg aus der Dusche und trocknete sich sorgfältig ab. Bedenken, dass man den Schwanz im Käfig nicht trocken bekommen würde, erwiesen sich als unbegründet, erstens schien es kaum Stellen zu geben, unter denen sich Feuchtigkeit nachhaltig halten hätte können, und zum anderen konnte man notfalls auch mit Julias Haarföhn ein wenig nachhelfen. Rasch noch Zähne putzen und rasieren. Kurz dachte er darüber nach, wie er seine Schambehaarung in gewohnter Weise entfernen würde können, doch sah er da keine grundsätzlichen Schwierigkeiten.

Also als Nächstes anziehen. Bedenken, der Käfig könnte eine von außen deutlich sichtbare Beule in seiner Hose produzieren, erwiesen sich ebenfalls als unbegründet, die Form war offenbar mit vorbedacht ein wenig abwärts gekrümmt, um diese Schwierigkeit zu vermeiden. Peter musste so weit ehrlich zu sich sein: Wenn er nicht bewusst daran dachte, dann spürte er den Käfig kaum. Natürlich – das kam ihm erst langsam zu Bewusstsein: Karin würde er nicht besuchen können, also zumindest würde kein normaler Sex mit ihr möglich sein. Aber das gehörte wohl zu dem Gesamtpaket, über das er jetzt erst mal ausführlich nachdenken musste. Er beschloss, das bei einem ausgiebigen Spaziergang in einem der Naherholungsgebiete der Stadt zu tun. Zehn Minuten später saß er bereits im Auto.

Früh am Morgen

Julia erwachte um vier Uhr morgens, sie fröstelte. Unwillkürlich streckte sie ihre Arme auf die andere Bettseite aus, eine langjährige Gewohnheit ihres Ehelebens. Doch da war niemand. Es war jetzt eine Woche her, dass Peters neues Bett für sein Arbeitszimmer geliefert worden war, und ebenso lang, dass er aus dem gemeinsamen Schlafzimmer ausgezogen war. Sie rechnete nach, es waren jetzt über drei Wochen, in denen sie keinen gemeinsamen Sex mehr gehabt hatten. Sie allein übrigens auch nicht, wie sie bedauernd feststellte. Die Sache mit Frank lief nicht so, wie sie sich das vorgestellt hatte, er machte sich ihr gegenüber rar, sie vermutete stark, dass er sich gerade ernsthaft an Karin heranmachte. Aus der Szene mit Frank und Peter, die sie für nächste Woche geplant hatte, würde wohl auch nichts werden, sie musste sich da wohl etwas anderes ausdenken.

Doch das half ihr jetzt nicht weiter. Sie blickte müßig auf ihr Mobiltelefon. Sollte sie? Peter war jedenfalls vor kurzem Online gewesen. „Magst du mich besuchen kommen?", tippte sie also einfach. Sie hatte offenbar kein Talent für eine überzeugende Inszenierung als Hotwife, oder Herrin, oder wie immer sonst man das nennen wollte. Warum genau hatte sie sich das angefangen?

Von Peter kam keine Antwort, aber nach ein paar Minuten bildete sie sich ein, das Wasser der Dusche im benachbarten Bad laufen zu hören. Manchmal bewunderte sie seine Disziplin. Sie streifte sich derweil das Nachthemd über den Kopf, zog die Decke wieder fest über sich und verlor sich in erotischen Gedanken, während ihre Hände unter der Decke über ihren Körper glitten. Sie schloss die Augen und war bald in ihrer erotischen Beziehung zu sich selbst gefangen, die sie seit ihrer Pubertät sorgsam pflegte, lange bevor sie während ihrer Studentinnenzeit sexuelle Beziehungen zu Männern gesucht und gefunden hatte.

Ein unglaublich zärtlicher Kuss auf ihren Mund riss sie aus ihren Träumen wieder in die Wirklichkeit. „Mach weiter", sagte sie einfach zu Peter, und einer der Vorteile ihrer langjährigen ehelichen Beziehung war, dass er genau wusste, was sie jetzt wollte. Sie liebte es, von ihm den besseren Teil einer Stunde gestreichelt, gefingert und geleckt zu werden, sich ziellos durch die Wellen ihrer eigenen Erregung treiben zu lassen, bevor sie es ihm dann gestattete, sich mit ihr zu vereinigen. Sie sann darüber nach, wie selbstverständlich Peter eigentlich immer schon den dienenden Teil übernommen hatte, wenn sie in dieser besonderen Stimmung war, wie geduldig er gewartet hatte, bis ein gehauchtes „jetzt fick mich" auch ihm gestattete, seine Lust zuzulassen und an ihr zu befriedigen.

Als der Augenblick gekommen war, wurde sie schmerzlich gewahr, dass das diesmal so einfach nicht gehen würde. Doch die Gelegenheit war günstig für den nächsten Schritt, den sie geplant hatte. „Leg dich auf den Rücken", sagte daher leise zu ihm. Sie erinnerte sich zum Glück an die kleine Nagelschere, die sie immer in ihrem Nachttisch aufbewahrte. Sie hoffte, dass sie das Plastikschloss schaffen würde. Nach dem dritten Versuch war der Bügel endlich durch, mit zittrigen Fingern entfernte sie den Käfig und auch den Ring von seinem Schwanz. Doch eine neue Schwierigkeit ergab sich: Wo sie eine harte Erektion vorzufinden gewohnt war, war nur ein Halbsteifer, der an der Wurzel deutliche Spuren des Druckes zeigte, den der Käfig ausgeübt hatte. „Schmerzen?", fragte sie ihn daher empathisch. „Jetzt nicht mehr", hauchte er. Sie berührte also mit zärtlichen Fingern seinen Sack, während sie mit der anderen Hand seine Vorhaut zurückschob und schließlich ihre weichen Lippen um seinen rasch wachsenden Schaft schloss. Sie blies ihn eine Weile, bevor sie seinen Schwanz aus ihrem Mund gleiten ließ. „Würde es dich eigentlich geil machen, mich noch einmal zu schwängern?", fragte sie mit vor Erregung leicht belegter Stimme.

Sie wartete seine Antwort nicht ab, sondern schob sich langsam und katzengleich auf seinen Körper, von dem sein steifer Schwanz hart abstand. Sie stützte sich auf seinen Schultern ab, suchte den Blickkontakt zu ihm. Auch wenn er nicht geantwortet hatte: In seinen Augen war nur Geilheit. Sie fing seinen Schwanz also mit ihrer nassen Spalte mühelos ein, er stöhnte laut auf, als sie ihn tief in sich eindringen ließ.

Julia ging langsam und behutsam zu Werk. Auch wenn er durch die lange Enthaltsamkeit ausgehungert sein musste, schaffte sie es, seinen Druck so lange unter Kontrolle zu halten, bis sie ihren eigenen Höhepunkt kommen spürte. Sie intensivierte das Spiel, es war die perfekte Vereinigung, als die beiden genau gleichzeitig ihren Orgasmus erlebten und Peter sich tief in Julia ergoss.

Julia schmiegte sich danach in seine starken Arme, und erst der Wecker, den sie sich gestellt hatte, riss sie aus ihrer trauten Zweisamkeit. Noch eine Viertelstunde, dann mussten die Kinder geweckt werden, und der Alltag würde wieder beginnen. „Hast du noch ein neues Schloss für mich?", fragte Peter, und es war so, wie wenn ein kleines Kind sich auf die Fortsetzung eines Spieles freute. „Klar, wenn du das möchtest", antwortete sie und kramte die Schachtel aus ihrer Nachttischlade. „Hilfst du mir noch?", fragte er weiter. „Es ist doch nur richtig, wenn du es verschließt." Julia musste ein wenig schmunzeln, doch gleichzeitig spürte sie die Last der Verantwortung wieder auf ihren Schultern. Ihre halb-und-halb-Überlegung, einfach darauf zu vergessen und die Sache damit aus der Welt zu schaffen, schien nicht zu funktionieren. Sie nahm also Ring und Käfig zur Hand. „Na dann, auf den Rücken mit dir, und Hände hinter den Kopf." Gehorsam legte er sich hin, und sie musste sich beeilen, ihm den Käfig noch anzulegen, bevor sich bei ihm eine neue Erektion bildete. Schließlich zog sie den Bügel des Schlosses durch den Sporn und steckte ihn dann in die Aufnahme im Schloss. Mit dem charakteristischen „Ratsch" rastete die Lasche wieder fest ein.

„Weckst du die Kinder, ich muss vor dem Büro dringend duschen?", fragte sie ihn. Er nickte nur, war schon wieder in seinem Pyjama und machte sich auf den Weg ins Kinderzimmer.

Eine neue Bekanntschaft

Ein wenig Herzklopfen hatte Julia schon, als sie die paar Schritte von ihrem Wagen zu dem kleinen Café in einem der inneren Bezirke der Stadt ging. Es war Wochenende, daher war hier am Vormittag wenig los. Sie erinnerte sich kurz noch einmal zurück, wie alles mit den Suchbegriffen „Bull" und „Schwarz" in einem der lokalen Partnersuch-Portale begonnen hatte. Das Angebot war nicht besonders groß gewesen, doch schließlich hatte sie zwei Männer in die nähere Auswahl genommen, mit einem von den beiden wollte sie sich heute treffen.

Sie holte also noch einmal tief Luft und stieß dann die Türe zu dem Café auf. Ihre Augen brauchten eine kurze Weile, sich an die relative Dunkelheit zu gewöhnen, sie blickte sich um. Er war nicht schwer zu finden, er schien der einzige Gast zu sein. Sie trat also an die Nische heran. „Ben?", fragte sie leise, er erwiderte ihren scheuen Blick mit einem offenen Lächeln. „Du musst Julia sein, setz dich doch." „Danke", sagte sie und nahm ihm gegenüber Platz. „Eine Melange bitte." „Ja gern, etwas dazu?" „Nein danke", antwortete Julia abwesend. Die beiden warteten schweigend ab, bis der Kaffee serviert war, nutzten die Gelegenheit, den anderen ein wenig auf sich einwirken zu lassen.

Sie hatten vor dem Treffen keine Bilder ausgetauscht. Julia fragte sich, was sie erwartet hatte. Ben mochte Anfang dreißig sein, er erfüllte jedenfalls keines der offensichtlichen Klischees, sah man von seiner dunklen Hautfarbe ab. Sein Ausdruck war offen, seine Augen signalisierten abwartende Neugier auf die Frau, die mit einem doch noch ganz alltäglichen Wunsch auf sein Profil gestoßen war. Schließlich stand der Kaffee vor ihr, die Kellnerin hatte sich in die kleine Küche zurückgezogen. „Schön dich kennenzulernen Julia. Ich frage gleich mal gerade heraus: Bin ich äußerlich, was du dir vorgestellt hast?" Julia war auf diese Frage nicht wirklich vorbereitet, sie versuchte ihre Unsicherheit zu verbergen. „Ich hatte keine fixen Erwartungen", antwortete sie ein wenig ausweichend. Er wartete geduldig ab. „Aber mein erster Eindruck ist sehr positiv." Sie versuchte ein Lächeln. „Wie geht es dir gerade mit mir?" Um die entstandene Pause zu überbrücken, nahm sie einen Schluck aus ihrer Kaffeetasse, doch vor lauter Aufregung verschüttete sie ein wenig.

Das brach irgendwie das Eis, Ben lächelte. „Ich nehme das einmal als gutes Zeichen, dass du nervös bist, Julia. Und ja, ich denke, ich mag dich." Julia nahm ihre Serviette, versuchte ihre Untertasse einigermaßen trockenzulegen und antwortete dann: „Nach so einem verpatzten Auftritt kann es ja nur besser werden. Und ja, ich bin immer noch neugierig auf dich." Bald waren die beiden in ein intensives Gespräch verwickelt, Julia erfuhr, dass Ben marokkanische und karibische Wurzeln hatte und durch die Einwanderung seines Vaters nach Frankreich nach Europa gekommen war. Er sprach sehr gut deutsch, wenngleich mit einem leichten französischen Akzent. „Derzeit arbeite ich hier in der Stadt für einen französischen Telekom-Konzern. Ich bin seit zwei Jahren von meiner Partnerin getrennt und genieße derzeit bewusst das Single-Leben. Aber jetzt erzähl mir bitte von dir, Julia."

Bald hatte auch sie ihre Geschichte erzählt, und sie wurde dabei immer sicherer: Sie wollte das, was sie vorhatte, mit diesem Mann in die Tat umsetzen. „Ich könnte mir gut vorstellen, dass du der richtige Bull für Peter und mich bist", sagte sie daher relativ unverblümt. Ben sah sie eine Weile an: Ja, diese Frau war entschlossen. Er war sich allerdings nicht sicher, ob sie genau genug wusste, worauf sie sich einließ. Seine Erfahrung aus einem halben Jahr auf dem Partnerportal war, dass bei vielen weißen Frauen die Phantasie, es einmal mit einem Schwarzen zu tun, im Vordergrund stand. Was er okay fand, aber dann bevorzugte er, ihnen einfach einen für sie unvergesslichen Fick anzubieten und allen Beteiligten eine Inszenierung zu ersparen, die gleichzeitig aufwändig und nicht ungefährlich für die Beziehung der Frau war. Nun, er würde das früh genug erfahren.

„Gut, von meiner Seite würde es passen, wenn das für dich auch so ist, schlage ich vor, dass wir uns gemeinsam die Location ansehen?" Ben sah Julias leichtes Zögern, das er für ein gutes Zeichen hielt. „Vielleicht vorher noch einen Cognac?", frage er daher geduldig. „Danke, gern, und … ja, es passt für mich." Eine Viertelstunde später hatten sie ausgetrunken und machten sich auf den kurzen Weg zu dem Clublokal, das ganz in der Nähe lag.

Ausbruch

Peter blieb noch eine Weile am Frühstückstisch sitzen, nachdem Julia sich verabschiedet hatte. Sie würde wohl kaum vor dem späten Nachmittag zurück sein, er hatte also den ganzen Tag für sich. Doch was ihn gerade noch mehr beschäftigte: Er hatte einen Rückruf von Karin auf seinem Mobiltelefon.

Schließlich trank er den letzten Schluck seines Kaffees aus und begab sich die Treppe hoch in sein Arbeitszimmer, wo sich ein ungeöffnetes Päckchen auf dem Schreibtisch befand. Er öffnete sorgfältig die äußere Verpackung und den Deckel der kleinen Pappschachtel, die zum Vorschein kam, und schüttete den Inhalt vorsichtig auf die Tischplatte.

Er ging rasch ins Schlafzimmer und nahm eines der Einwegschlösser aus einer Schachtel in Julias Nachttischlade, die ganz ähnlich aussah wie die, die er gerade geöffnet hatte. An seinem Schreibtisch zurück, nahm er eines der neu gekauften Schlösser zur Hand und begann die beiden Stücke genau zu vergleichen. Nach einer Weile war er froh, dass er sich die Nummer des Schlosses gemerkt hatte, das er aus Julias Schachtel genommen hatte: Er hätte die Dinger kaum voneinander unterscheiden können. Jedes trug eine achtstellige Zahl, nach Angaben des Herstellers wurden keine Duplikate produziert. Peter ging also zurück ins Schlafzimmer und legte das Schloss aus Julias Vorrat wieder zurück. Er versuchte sich an den Moment zurückzuerinnern, wo sie ihn das letzte Mal verschlossen hatte: Es war da schon recht eilig gewesen, sie hatte einfach blind in die Schachtel gegriffen und ihn schon gebeten, sich um die Kinder zu kümmern, während sie die Lasche des kleinen Dinges durch die Öse gezogen hatte. Er bezweifelte, dass sie die Nummer wahrgenommen oder gar notiert hatte. Er hielt es allerdings für wahrscheinlich, dass sie wusste, dass noch acht Stück in ihrer Packung übrig waren.

Peter wusste in dem Moment, in dem er zur Schere griff und den Bügel auf seinem Schwanzkäfig durchschnitt, dass er sich hauptsächlich selber betrog. Doch es war ihm in diesem Augenblick gleichgültig. Das Ganze war ein Spiel, und hauptsächlich spielte er mit, weil es ihn anmachte, dass Julia vielleicht einmal vor ihm andere Männer ficken würde. Dass er ihr gleichzeitig eine gewisse Kontrolle über seine eigene Sexualität einräumte, war für ihn mehr und mehr eine Sache, die er unabhängig davon sah, ein Stück weit durchaus geil, aber ein großes Stück weit auch ein Mittel zum Zweck. Warum sie die beiden Aspekte miteinander verquickte, war ihm noch nicht so recht klar geworden. Doch wie immer was war, die Sache hatte ihre Grenzen. Die Aussicht, sich von Karin wieder mal das Hirn rausvögeln zu lassen, lag momentan deutlich näher.

Ein kurzer Rückruf bei Karin. Er war nicht falsch gelegen, sie verwendete die zwischen ihren schon vertrauten Floskeln, die in ihrer einfachsten Übersetzung „mach dich auch den Weg und fick mich" hießen. „In einer Stunde, Schatz, ich freue mich", beendete er das Gespräch. Er montierte den Käfig jetzt ganz ab und begab sich erst mal in die Dusche, seinen Schwanz gründlich zu reinigen und zu rasieren. Er musste sich sehr zurückhalten, nicht gleich einmal abzuwichsen, der Druck war schon erheblich und der Gedanke an Karins Körper machte die Sache auch nicht einfacher. Doch er hielt sich dann doch zurück, er würde seine Manneskraft heute noch brauchen. Vergnügt rasierte er also seinen Dreitagebart, nahm ein wenig von dem Rasierwasser, das ihm Karin geschenkt hatte, zog sich fertig an und machte sich mit federndem Schritt auf den Weg.

Es war wie in den alten Zeiten: Als Peter bei Karin läutete, empfing sie ihn bereits in Seidenstrümpfen und hohen Stöckelschuhen, sonst trug sie nichts mehr am Leib.

Im Club

Für Julia war die Erfahrung eines Swingerclubs völlig neu, sie vertraute sich also der Führung durch Ben an. Sie fragte sich wieder, was sie eigentlich erwartet hatte, als er am Empfang herzlich mit Namen begrüßt wurde. „Das ist Julia, Julia, das ist Susanne, die gute Seele des Clubs." Die Blicke der beiden Frauen begegneten einander, Susanne war ihr von Anfang an sympathisch. „Herzlich willkommen Julia, möchtest du von mir eine kurze Einführung, oder vertraust du dich der Führung durch Ben an?" Julia zuckte bei dem Wort „Führung" ein wenig innerlich zusammen, doch eigentlich hatte sie ja den Entschluss schon gefasst, Ben zu vertrauen. „Ich denke, ich vertraue mich Ben an", antwortete sie. „Wie du möchtest, wenn du irgend etwas brauchst ..."

Ben begleitete sie zum Eingang der Damengarderobe. „Hier kannst du dich umziehen, ich schlage vor, wir treffen uns dann an der Bar." „Umziehen?", fragte Julia. Der Gedanke, ihre Straßenkleidung ablegen zu müssen, war ihr noch gar nicht gekommen. „Was wird da erwartet?" „Erwartet wird gar nichts, aber ich nehme an, dass eine attraktive Dame wie du Dessous trägt, in denen sie sich sehen lassen kann?" Die Art, wie Ben sie dabei ansah, machte sie ein wenig schaudern. „Das schon", sagte sie ein wenig verlegen, „nur die flachen Schuhe machen halt dann nicht viel her." „Brauchst du doch Hilfe, Schatz?" Susanne war wie aus dem Nichts wieder aufgetaucht. „Vielleicht kann ich dir da helfen, welche Größe brauchst du denn?"

10 Minuten später war Julia mit Susannes Hilfe dann so weit hergerichtet, dass sie befand, sie konnte es wagen. Ein wenig unsicher stöckelte sie in den Barbereich, der noch nicht sonderlich belebt war. Ein paar neugierige Blicke verfolgten sie, ein paar männliche waren am Rand der Unverschämtheit, doch als sie zielstrebig auf Ben zusteuerte, verloren sie merklich das Interesse. Sie selbst bemerkte allerdings nicht viel davon, sie war zu sehr, damit beschäftigt, das Bild in sich aufzunehmen, das sich ihr bot: Ben saß zur Seite gedreht auf einem Barhocker an der Bar, leicht zurückgelehnt, mit einem Ellbogen auf die Bar gestützt, die Füße auf der untersten Sprosse des Barhockers, die Knie wie unabsichtlich weit gespreizt. Sein Körper war durchtrainiert, die haarlose dunkle Haut hatte einen leichten Glanz. Und seine gesamte Aufmerksamkeit schien ihr zu gelten, als sie auf ihn zuging und versuchte, in den ungewohnt hohen Stöckelschuhen Haltung zu bewahren.

Er nickte nur anerkennend, reichte ihr seine freie Hand, sie hielt sich daran fest, als auch sie auf einen Barhocker kletterte. Sie nutzte allerdings den Vorteil der weiblichen Anatomie, ein

Bein über das andere schlagen und dabei die Unterschenkel parallel halten zu können. „Vielleicht einen Drink?", fragte er. Sie ließ ihren Blick kurz über die Bar schweifen, sie schien gut sortiert. „Ja gern, Piña Colada vielleicht?", fragte sie. „Gute Idee. Zwei Piña Coladas bitte", rief er durch die offene Tür, die den Barbereich von der Rezeption des Clubs trennte. Susanne erschien und musterte Julia eine Weile, bevor sie die beiden Drinks zubereitete. Julia schien es, als ob sie nur die Höflichkeit ihr gegenüber davon abhielt, Ben zu seiner neuesten Eroberung zu gratulieren. Sie musste innerlich schmunzeln: Was hatte sie erwartet, für das, was sie vorhatte, war ein erfahrener Mann wohl die richtige Wahl.

„Cheers", sagte Ben einfach und hob sein Glas. „Cheers", antwortete Julia, hob auch das ihre und umschloss den dicken Strohhalm mit ihren vollen Lippen. Es entging ihr nicht, dass Ben sie dabei sehr genau beobachtete. Doch auch ihre Augen ruhten auf seinem, wie ihr in diesem Augenblick schien, makellosen Mann. Ihr eigener Körper meldete sich in diesem Augenblick überdeutlich zu Wort, sie fühlte, wie sich ihre Nippel versteiften und ihr Schoß mit Feuchtigkeit füllte. Zum Glück hatte sie keine weißen Dessous an, dachte sie in diesem Augenblick, der verspielte Slip und der spitzenbesetzte BH waren schwarz, passend zu den halterlosen Strümpfen, die sie trug.

Ein Gespräch wollte nicht zustande kommen, zu sehr war beider Interesse auf das fokussiert, was es noch zu besprechen gab, allerdings wohl nicht hier an der Bar. Endlich sprach Ben die erlösenden Worte: „Möchtest du dir einmal die Räumlichkeiten ansehen, bevor wir die Details besprechen?" „Gern", antwortete sie und fühlte sich in diesem Augenblick wie ein Schulmädchen, das auf eine Gelegenheit hofft, mit dem feschen Lehrer endlich allein zu sein. Er glitt elegant von seinem Barhocker, reichte ihr wieder die Hand, als auch sie herunterstieg, und führte sie quer durch den Barraum in den hinteren Teil des Clubs.

Julia wusste wieder nicht, was sie eigentlich erwartet hatte. Sie tauchten in einen spärlich beleuchteten Gang ein, aus dem sich nach links und rechts ebenso spärlich beleuchtete Zimmer öffneten. Unterschiedliche Dekorationen für immer das gleiche Thema, dachte Julia. Mal waren es durchgehende Matratzen, mal erhöhte Liegen, mehr oder weniger Spiegel an Wand und Decken, unterschiedliche Ornamentik. Sie blieben kurz vor einem der Räume stehen, in dem ein Pärchen auf einer blau beleuchteten Spielwiese miteinander zu Gange war. Ein junger Mann lag bäuchlings zwischen den weit gespreizten Beinen eines sehr hübschen blonden Mädchens und schien sie hingebungsvoll zu lecken, sie ließen sich durch die beiden Zuseher nicht stören.

„Wenig los heute, es ist noch zu früh", sagte Ben, als sie sich abwandte und weitergingen. „Und gut, dass Susanne den Männerüberschuss hier mittlerweile stark beschränkt und an eine jederzeit widerrufliche Mitgliedschaft gebunden hat. Vor ein paar Jahren wären hier noch vier, fünf Kerle an der Tür gestanden." Julia schüttelte sich bei der Vorstellung, Ben schien ihre Gedanken zu erraten. „Obwohl: Ein bisschen Publikum hat schon auch seinen Reiz, gerade für das, was du vorhast." Julia schwieg, ihre Gedanken rasten. Es gab bei der Sache so viel, von der sie überhaupt keine Vorstellung gehabt hatte.

Schließlich erreichten sie einen Raum, dessen dunkle Einrichtung in rotes Licht getaucht war. Zentrales Element war ein riesiges Bett mit einem Betthaupt aus Messing, von der Decke baumelten Ketten und Riemen, die Wand war dekoriert mit Werkzeugen, die Julia einer mittelalterlichen Folterkammer entnommen schienen, an einer Wand ein Andreaskreuz, eine harte Bank und ein paar unbequem wirkende Stühle komplettierten die Einrichtung. Ben deutete auf das Bett: „Setz dich, hier sind wir ungestört, dann sprechen wir einmal darüber, wie wir die Nacht für euch gestalten könnten."

Als Ben nach zwanzig Minuten und einigen Zwischenfragen, die Julia die Schamröte ins Gesicht getrieben hatten, zu einem Ende gekommen war, fragte er einfach: „Und was denkst du, Julia. Würde das dir und vor allem ihm gefallen?" Julia wusste darauf keine Antwort, sie wusste aber vor allem momentan nicht, wohin mit ihrer aufgestauten Geilheit. „Ja, ich kann es mir schon vorstellen, aber ich habe momentan keine Lust, noch 14 Tage darauf zu warten", antwortete sie daher und unternahm nicht einmal meinen Versuch, sich nicht wie eine läufige Hündin zu präsentieren.

Doch Bens Reaktion überraschte sie: „Julia, wir haben jetzt zwei Möglichkeiten. Entweder wir ficken jetzt, als ob es kein Morgen gäbe, und verwenden dabei das, was wir gerade besprochen haben, als geile Phantasie. Aber dann werden wir beide uns nicht wiedersehen. Oder aber …" er machte eine Pause und sah sie prüfend an. Julia wäre in diesem Augenblick am liebsten in den Boden versunken, sah ihn aber dennoch erwartungsvoll weiter an. „Oder aber wir machen das in 14 Tagen, aber dann werden wir jetzt keine Abkürzung gehen. Du musst die Entscheidung treffen, ob ich der Bull für ein Erlebnis sein soll, das ihr beide als Paar miteinander haben wollt, oder eine Ausflucht für dich, während du deinem Mann Enthaltsamkeit auferlegst. Ich würde halt ersteres lohnender finden. Denk nach und sag mir dann, wie du dich entschieden hast. Du findest mich an der Bar."

Julia blieb eine lange Weile auf dem Bett sitzen, nachdem Ben gegangen war. Sie brauchte eine Weile, die oberflächliche narzisstische Kränkung wegzustecken, die ihren Verstand zu Beginn vollkommen in Anspruch nahm. Doch je mehr sie von ihrer eigenen Geilheit Abstand gewann, umso mehr musste sie einsehen, dass Ben mit seiner konsequenten Haltung vollkommen recht hatte. Sie musste daran denken, dass auch ihre Beziehung zu Frank wohl vor allem an unausgesprochenen und widersprüchlichen Rollenerwartungen krankte. Und daran, dass sie auch diese ausschließlich an ihren eigenen Bedürfnissen maß. Und sie machte sich auch wieder bewusst, dass das große Experiment, auf das sie sich mit ihrem geliebten Ehemann eingelassen hatte, eine fragile und riskante Konstruktion war, die auch von ihr ein größeres Maß an Achtsamkeit und Aufmerksamkeit erforderte, als sie ihr bis jetzt zugemessen hatte. Auch, dass sie wohl besser als bisher darauf achten würde müssen, nicht durch allzu schrankenlosen Egoismus sich selbst aus der Beziehung zu Peter zu nehmen.

Nach einer weiteren halben Stunde schaffte sie es schließlich, aufzustehen und wieder in den Barraum zurückzuschlendern. Ben saß wieder an der Bar, er war nicht allein. Er winkte Julia dennoch zu sich, als er sie sah. „Julia, das ist Samantha, die Freundin, von der ich dir erzählt habe. Sam, das ist Julia. Ich habe mit ihr heute über ihren Wunsch gesprochen, sich und ihrem Mann eine Phantasie zu erfüllen. Ich denke, sie ist jetzt so weit zu wissen, ob sie uns darum bitten möchte." Julia taxierte Samantha. Sie mochte Mitte zwanzig sein, ihre Hautfarbe war noch ein wenig dunkler als die von Ben, ihr ausnehmend hübsches Gesicht war von einer Unmenge winziger Rasta-Zöpfe eingerahmt. Sie trug einen knappen Bikini in einem grellen Orange auf ihrem beneidenswert schlanken Körper. „Hallo Julia, ich freue mich dich kennenzulernen", sagte sie nur, ihre Stimme war dunkel und melodiös. „Hallo Samantha", antwortete Julia und ergriff die schlanke feingliedrige Hand, die ihr angeboten wurde. Samantha sah Julia noch eine Weile an und wandte sich dann Ben zu. „Ich denke, Julia hat sich so entschieden, wie du es erwartet hast", sagte sie dann zu ihm. „Habe ich recht, Julia?" Julia drängte das Schulmädchengefühl jetzt endgültig zurück, das sich wieder in den Vordergrund ihres Bewusstseins zu schleichen versuchte. Sie räusperte sich. „Ben, verzeih mir bitte meine Unsicherheit, für mich ist das alles ziemlich neu. Ich danke, dass du mir die Augen für das wesentliche geöffnet hast. Und ja, ich würde euch beide bitten, Peter und mir bei der Verwirklichung unserer Phantasie behilflich zu sein."

Ben lächelte sie an. „Du bist eine kluge Frau, Julia. Ich war überzeugt, dass deine Entscheidung so ausfallen würde. Wir sehen uns dann wie besprochen in 14 Tagen wieder hier. Aber jetzt entschuldige uns beide bitte, Sam und ich sehen einander nicht allzu oft." Damit standen die beiden auf, nickten Julia freundlich zu und verschwanden im hinteren Teil des Clubs. Julia sah ihnen lange nach, bis Susanne sie aus ihren Gedanken riss: „Na, brauchst du jetzt noch was zu trinken?", frage sie anteilnehmend. „Oder vielleicht noch einen Herrn für dich, ich könnte dir da behilflich sein, es sind zwei, drei sehr nette Gäste hier." Julia starrte Susanne entgeistert an. „Danke, das ist ganz lieb von dir, aber bitte nur mehr ein großes Glas Wasser. Und danke auch für das andere Angebot, aber ich habe gerade eine Lektion bekommen und muss erst mal mit mir selber wieder auf gleich kommen. Sich immer nur in Ablenkungen flüchten macht es ja doch nicht besser." Susanne füllte ein großes Glas mit kaltem Wasser und stellte es vor Julia auf den Tresen. „Eine kluge Entscheidung", sagte sie dann leise. „Und Ben und Sam kannst du in jeder Weise voll und ganz vertrauen, die machen auch das, was sie dir angeboten haben, nicht zum ersten Mal."

Julia sagte nichts. Sie leerte das Glas mit langsamen, bedächtigen Schlucken. „Danke auch dir, Susanne, wir sehen und wieder in zwei Wochen." Damit rutschte sie vom Barhocker und machte sich auf den Weg Richtung Garderobe, in der sich einige Frauen gerade erst für die Nacht herrichteten, die vor ihnen lag.

Vorfreude

Peter lag bequem auf dem Rücken, wieder einmal im gemeinsamen Ehebett. Bequem bis auf den Umstand, dass seine Arme hinter seinem Kopf fixiert waren, Seidentücher schlangen sich um seine Handgelenke und fixierten sie an dem Metallring, der neuerdings im Betthaupt eingeschraubt war. Er war nackt, ebenso wie Julia, die mit untergeschlagenen Beinen neben ihm auf dem Bett kniete. Ihre Hände streichelten sachte über seine Brust und seinen Oberschenkel, sein Schwanz drückte bereits unangenehm gegen den Käfig.

Julia schien von seiner Manipulation nichts bemerkt zu haben. „Denkst du eigentlich noch an die Phantasie, die du mir einmal gestanden hast?", fragte sie und umfasste seinen Hodensack sagte mit den Fingerspitzen. Peter stöhnte ein wenig auf. „Welche meinst du konkret?", fragte er zurück. Julia drückte mit den Fingerkuppen ein wenig fester auf seine Eier. „Na so viele waren es ja auch wieder nicht", kicherte sie, während er lauter aufstöhnte. „Wenn du willst, dass dein Schwanz freikommt, musst du sie schon wiederholen." Sie strich jetzt mit den Fingerkuppen behutsam über seinen Käfig, berührte dabei sachte die Haut seines Schaftes, die Schmerzen wurden stärker.

Peter biss sich auf die Lippen. Er wusste natürlich genau, was sie meinte, aber er hatte in diesem Augenblick starke Hemmungen, es noch einmal so explizit auszusprechen, wie sie es wohl hören wollte. „Na wie du es mit einem anderen machst", sagte er daher vage. Julia schaute ihn mitleidig an. „Na ein bisschen genauer darf es schon sein", gab sie ihm zur verdienten Antwort. Ihre Hand kreiste jetzt um seine Brustwarze, bevor sie plötzlich und ruckartig zukniff. Peter sog zwischen seinen unwillkürlich zusammengepressten Zähnen scharf die Luft ein. „Au, das tut weh", beklagte er sich ein wenig wehleidig. „Dann antworte, es kann nur besser werden", antwortete Julia ihm kühl.

„Also gut, es war die Phantasie, dass ich dabei sein darf, wie ein Schwarzer dich fickt." Julia lächelte ihn zuckersüß an. „Und das war jetzt so schwer?", fragte sie und griff nach der Schere auf ihrem Nachtkästchen. „Na dann, wollen wir dein bestes Stück mal befreien?", fragte sie. Ohne seine Antwort abzuwarten, schnitt sie den dünnen Bügel durch und löste dann vorsichtig den Käfig von seinem Schwanz.

Peter seufzte erleichtert, als seine Erektion endlich Platz hatte, sich ungehindert auszubreiten. Julia ließ zwei Finger unendlich leicht und zärtlich über die Unterseite seines Schaftes gleiten, wartete, bis dieser zu seiner vollen Größe angewachsen war. Peter stöhnte wieder auf, aber diesmal nicht vor Schmerz, sondern vor aufgestauter Geilheit. Er schloss die Augen, als sie mit leiser, monotoner Stimme zu sprechen begann und ihn dabei punktgenau an den Stellen berührte, die sie als seine Ehefrau wohl am besten von allen kannte. Julia improvisierte bei ihrer Geschichte ein wenig, sie folgte dabei einigen Ideen, die sie mit Ben besprochen hatte, versuchte dabei aber nicht allzu viel zu verraten.

Peter keuchte bereits schwer unter ihr, seine Eichel glänzte vor Feuchtigkeit, immer wieder traten kleine Lusttropfen aus seiner Schwanzspitze und zogen silbrig glänzende Fäden, die sich bis auf seinen Bauch hinunterzogen. Schließlich beendete sie die Erzählung mit den Worten: „Und das Beste ist: Nächsten Samstag kannst du es dann real erleben, wie sich deine Frau von einem schwarzen Schwanz besamen lässt."

Julia merkte ein wenig zu spät, dass ihn dieser Gedanke nahezu augenblicklich über den Auslösepunkt brachte. Alles, was sie noch tun konnte, war augenblicklich mit den Bewegungen aufzuhören und seinen Schwanz loszulassen, sodass sich dieser wild zuckend auf Peters Bauch ergoss. Ob das jetzt noch als ruinierter Orgasmus durchging, konnte sie nicht feststellen, denn Peter lag heftig keuchend auf dem Bett. Sie blieb also eine Weile neben ihm sitzen, bis er sich wieder einigermaßen erfangen hatte, nahm dann seine Ladung auf ihre Finger und schob diese dann zwischen seine Lippen. Peter brauchte eine Weile, bis er erkannte, dass er ohne Hände keine andere Möglichkeit hatte, das Sperma aus seinem Mund zu bekommen, als es zu schlucken.

Julia stand ruhig auf, ging ins Badezimmer, ließ einen Waschlappen mit eiskaltem Wasser volllaufen und kehrte mit diesem auf das Bett zurück. „Bis dahin sind es ja nur mehr ein paar Tage, kannst dich ja schon mal darauf freuen", sagte sie, während sie seinen noch steifen Schaft mit dem kalten Lappen reinigte und bearbeitete, bis seine Erektion vollkommen zusammenbrach. Rasch nützte sie den Augenblick, den Käfig wieder über seinen schlaffen Schwanz zu schieben.

Sie griff ohne Hast in die Schachtel mit den Einwegschlössern, nahm eines heraus und zog den Bügel sorgfältig durch die Öse fest. Dann kramte sie weiter in ihrer Lade, bis sie einen Notizblock und einen Stift gefunden hatte. „Ich sollte mir wohl auch die Nummer aufschreiben", sagte sie beiläufig und notierte die achtstellige Ziffernfolge sorgfältig. Sie machte Peters Handgelenke vom Betthaupt los, gab ihm noch einen Kuss auf seine salzigen Lippen und verschwand dann ins Bad, ohne ihn weiter zu beachten.

Peter blieb noch eine Weile liegen, rieb sich die Handgelenke, stand dann schwerfällig auf und ging in sein Zimmer zurück. Er spürte noch eine Weile den Empfindungen nach, die dieser gerade noch ruinierte Orgasmus bei ihm ausgelöst hatte. Er hatte eigentlich noch nie verstanden, was das so Besondere daran sein sollte. Sicher, es war eine ganz andere Sache, in eine enge feuchte Spalte zu spritzen, ihn ihr dabei tief hineinzuschieben, während die Eichel von ihrer nassen Innnenseite sanft stimuliert und umspült wurde. Aber im Handbetrieb fand er eine vergleichbar enge Stimulation während des Abspritzens als eher unangenehm. Zumindest bei ihm funktionierte das so, dass das Gefühl des Orgasmus ohnehin gefühlt ein paar Sekunden vor der Ejakulation losging und diese quasi in Gang setzte. Ab diesem Punkt war es vollkommen gleichgültig, ob man die Eichel weiter stimulierte oder nicht. Und nach der Ejakulation war ihm jede Berührung der Eichel mit der Hand sowieso eher unangenehm, er war froh, dass sie diesen Teil ausgelassen hatte.

Peter ließ seinen Morgenmantel auf den Boden fallen und streckte sich nackt, wie er darunter war, auf seinem eigenen

Bett aus. Langsam drifteten seine Gedanken in eine andere Richtung ab. Julia hatte wieder das Wort „besamen" benutzt. Wollte sie tatsächlich noch einmal schwanger werden? Und wenn ja, dachte sie tatsächlich daran, von einem Fremden, vielleicht gar von einem Schwarzen? Er glaubte seine Frau gut genug zu kennen, das ausschließen zu können. Schwängern war doch eine Sache ganz anderer Tragweite als ein gelegentlicher Fremdfick. Doch andererseits – konnte man einen Menschen jemals vollständig kennen? Eine Gelegenheit, ihre Verhütung zu kontrollieren, hatte er jedenfalls nicht. Er schob den Gedanken daher zur Seite, ein anderes Problem drängte sich gerade unangenehm in den Vordergrund: Sein Schwanz drückte schon wieder äußerst unangenehm gegen den zu klein gewordenen Käfig.

Den Impuls, sich einfach aus dem Käfig zu befreien und sich selbst noch einmal Erleichterung zu verschaffen, verwarf er allerdings schnell wieder. Warum hatte Julia diesmal so ostentativ die Nummer des Schlosses notiert? Wusste oder ahnte sie, dass er sich Ersatzschlösser beschafft hatte? Hatte sie gar mit Karin gesprochen? Doch: Wenn sie es wusste, warum hatte sie ihn dann nicht danach gefragt?

Als Peter merkte, dass seine Gedanken sich im Kreis zu drehen begannen, gab er auf. Der nächste Schritt war wohl ohnehin, einmal den nächsten Samstag abzuwarten. Er griff also wieder nach seinem komplexen philosophischen Buch, das er zu lesen begonnen hatte. Nach ein paar Seiten war es ihm gelungen, vollkommen in die Thematik einzutauchen. Ob seine Erektion jetzt abgeklungen war oder ihn nur das Buch vom Schmerz ablenkte: Diese Frage gelangte gar nicht mehr bis in sein Bewusstsein.

Das Vorspiel

Der Tag floss zäh dahin. Bereits am Vormittag hatte Peter die Zwillinge zu den Großeltern gebracht, Julia hatte angeregt, dass er danach noch einen größeren Spaziergang machen solle. Auch wenn sie ihm angekündigt hatte, am Abend seine Hilfe zum Herrichten und Ankleiden zu brauchen, gab es einiges an Vorbereitungen, die sie lieber allein und ungestört erledigen wollte.

Den Nachmittag verbrachten die beiden je für sich, Peter versuchte, für die lange Nacht ein wenig vorzuschlafen, doch er brauchte lange, die vielen Gedanken, die ihn immer wieder quälten, so weit unter Kontrolle zu bekommen. Er versuchte es also wieder mit Lesen, was besser funktionierte. Schließlich schien er dann doch eine Weile eingeschlafen zu sein, er erwachte erst, als Julia ihn sachte an der Schulter rüttelte. „Es ist schon halb sieben, Schatz, wir wollten doch vorher noch essen, und ein bisschen etwas ist auch noch vorzubereiten." Peter ribbelte sich schläfrig die Augen und blickte an seiner Frau hinauf, doch sie trug nur ihren Morgenmantel, ihr Haar war entgegen ihren sonstigen Gewohnheiten aufgesteckt und zu einer kunstvollen Frisur mit einem Knoten getürmt, sonst war an ihr noch nichts zu entdecken. Er stand also auf, zog sich auch seinen Morgenmantel über und folgte ihr in die Wohnküche, wo sie schon ein leichtes Abendessen vorbereitet hatte: Lachs und Toast, dazu Dillsenf, Butter und eine Flasche erlesenen Champagner. „Auf einen wunderbaren Abend, an dem deine Träume in Erfüllung gehen sollen", prostete sie ihm zu. Peter war sich in diesem Augenblick nicht mehr so sicher, was seine Träume da genau waren, aber er lächelte und stieß mit ihr an. „Und deine, mein Liebling", antwortete er. Sie tranken langsam, dann machten sie sich über das Abendessen her.

Der Champagner tat wohl seine Wirkung, nach dem Essen erschien es Peter absolut nicht mehr absurd, seiner Frau in ihr Schlafzimmer zu folgen und sie dabei zu beraten, welche Dessous und welches Outfit sie für ihren Liebhaber anziehen solle. Sie brauchten den besseren Teil einer Stunde, bis sie beide zufrieden waren. Julia hatte es zuwege gebracht, ihn schließlich glauben zu machen, dass er es war, der sie „ganz in weiß" hergerichtet haben wollte, was eigentlich Bens Vorschlag gewesen war. So trug sie weiße Seidenstrümpfe, die mit Strapsen an einem eng anliegenden Mieder befestigt waren. Ein wenig schluckte Peter schon, als sie ihm erklärte, dazu keinen Slip zu tragen, doch als sie fertig und in ihre hohen weißen Pumps geschlüpft war, sah es in Peters Augen einfach nur mehr geil aus. Als letztes legte Julia sich noch gekonnt ihr Makeup auf, Peter staunte nicht schlecht, als sie mit knallrot überschminkten Lippen wieder aus dem Bad zurückkam.

„Und was werde eigentlich ich anziehen?", fragte er schließlich. Julia lächelte: „Du bleibst, wie du bist, schließlich bist du heute mein Sub. Was du an Accessoires brauchst, wirst du vor Ort bekommen." Peter erstarrte: Hieß das, dass er im Club vor aller Augen mit dem unbedeckten Schwanzkäfig auftreten sollte? „Vertrau mir und lass dich einfach überraschen", sagte sie nur geheimnisvoll. „Zieh dir schwarze Schuhe an und schlüpfe in deinen leichten Mantel, das Taxi kommt in ein paar Minuten." Sie hauchte ihm noch einen angedeuteten Kuss auf die Lippen. „Du schaffst das, Peter", sagte sie noch, bevor sie selbst auch die Stiegen hinunter stöckelte und ebenfalls in einen leichten Mantel schlüpfte.

Auf der kurzen Fahrt in den Club sprachen die beiden nicht viel miteinander. Schließlich stiegen sie vor dem Eingang des Clubs aus, zahlten den Fahrer und läuteten dann an der unscheinbaren Türe. Susanne nahm sie in Empfang und hieß auch Peter herzlich willkommen. „Hier trennen sich unsere Wege", sagte Julia schließlich geheimnisvoll. „Ich übergebe dich in Susannes Obhut, sie wird dir erklären, was du wissen musst. Wir sehen uns dann später wieder." Damit winkte sie ihm zum Abschied zu und verschwand in der Damengarderobe. Susanne lächelte den einigermaßen verwirrten Peter aufmunternd zu. „Keine Angst, Peter, du siehst sie bald wieder. Aber ich muss dir erst ein paar Dinge erklären und dich dann Samantha vorstellen, die dich heute Abend begleiten wird." Die Clubregeln waren bald erklärt und schienen Peter ja auch logisch. „Und denk immer daran: Was immer du hier tust und was immer hier geschieht: Du bist unter Gleichgesinnten. Hier gelten keine normalen Konventionen, und niemand muss sich für seine sexuellen Vorlieben oder Erfahrungen schämen. Aber bitte beachte: Alles, was du hier siehst, hörst und erlebst, bleibt hier. Es wird außerhalb des Clubs nicht darüber gesprochen. Das schützt dich genauso wie alle anderen, die hier ihren Neigungen nachgehen. Hast du das verstanden und kannst du das respektieren?" „Ja, Susanne, das erscheint ja nur logisch", gab der nüchterne Peter zur Antwort. Sie blickte ihm kurz in die Augen, er schien das so zu meinen, wie er es sagte.

„Gut, dann stelle ich dich Samantha vor." Sie führte ihn in einen kleinen abgeschlossenen Garderobenbereich, wo eine junge, gertenschlanke dunkelhäutige Frau in rotem Slip und rotem BH bereits auf ihn wartete. „Wichtig ist: Samantha gehört zu Ben und ist für dich unberührbar. Bitte respektiere das, auch wenn es umgekehrt nicht gilt. Aber jetzt viel Spaß, es wird schon schiefgehen." Peter ging ein paar Schritte auf die junge Frau zu, die ihn erst eine Weile musterte und ihm dann ein bezauberndes Lächeln schenkte. „Ich bin Samantha, du kannst mich Sam nennen." „Ich bin Peter, freut mich, Sam", sagte er ein wenig befangen. „Ich werde dich heute auf deiner Reise begleiten. Du kannst dich im Club frei fühlen. Wenn ich dir allerdings einen Hinweis gebe, bitte ich dich, diesen ohne Diskussion zu befolgen. Dass ich für dich unberührbar bin, hat dir ja Susanne schon gesagt." Peter konnte nur nicken, er war neugierig, was als Nächstes passieren würde.

„Jetzt leg einmal ab", kommandierte Samantha, als ob sie über das Wetter sprechen würde. Peter legte also seinen Mantel ab, schlüpfte aus seinen Schuhen und stand mit seinem Schwanzkäfig nackt vor ihr. Sie betrachtete ihn eine Weile, griff ihm unters Kinn, hob seinen Kopf. „Sehr schön, ein paar Accessoires brauchst du noch. Und Pantoffel. Welche Schuhgröße?", fragte sie. „42", antwortete Peter abwesend und schlüpfte in die schwarzen Gummisandalen, die sie ihm daraufhin hinstellte.

„So, deine Handgelenke bitte", kam die nächste Bitte, und Peter dachte gar nicht mehr darüber nach, warum er eigentlich so widerspruchslos gehorchte. Bald hatte er weiche beringte Ledermanschetten um die Handgelenke. „Und jetzt halt still bitte." Mit routinierten Griffen legte sie ihm ein Lederband um den Hals, an dessen Metallöse eine kurze Leine hing und über seiner Brust baumelte.

Samantha musterte ihn. „Du bist fertig, außer du willst noch das hier, für den Fall, dass du nicht erkannt werden möchtest." Peter machte große Augen, als sie ihm eine Art Faschingsmaske mit zwei Augenlöchern hinhielt, von der zwei mächtige Hörner nach oben abstanden. „Echt jetzt?", fragte er. „Wie du möchtest, das oder nichts", war Samanthas kühle Antwort. „Julia hat mir von deinen Bedenken erzählt, sonst hätte ich dir die Maske nicht angeboten." Peter schaute eine Weile unschlüssig, doch dann siegte sein Stolz., „Also nein, das wäre doch lächerlich", sagte er, so wie wenn seine restliche Ausstaffierung und der Schwanzkäfig dieses Attribut nicht ebenso gut verdienen würde. „Gut, dann wäre das entschieden, komm bitte mit", antwortete Samantha und griff nach seiner Leine.

Sie kamen in eine Art von Barraum, die um diese Zeit schon gut gefüllt war. Es schien eine Art Themenabend zu sein, Peters Aufzug fiel jedenfalls unter den zahlreichen mehr oder weniger skurrilen Ausstaffierungen der Anwesenden nicht sonderlich auf, entsprechend wurden sie kaum beachtet. Im Mittelpunkt des Interesses war ohnehin das Paar an der Bar, schon wegen des weißen Mieders, das seine Frau trug und die Aufmerksamkeit geradezu magisch auf sich zog. Sie saß mit überschlagenen Beinen und hielt ein Long Drink-Glas in der Hand, während sie mit einem ebenfalls dunkelhäutigen jungen Mann recht offensichtlich flirtete, der auf dem Hocker neben ihr saß, seinen Körper in eine Art von golden schimmernden Umhang gehüllt. Samantha steuerte mit Peter im Schlepptau direkt auf die beiden zu. „Ben, das ist Peter, Julias Cuckold für den heutigen Abend. Peter, das ist Ben, Julias Bull." „Guten Abend, freut mich", sagte Peter, ohne in diesem Augenblick recht zu wissen, was ihn eigentlich genau freute. Ben nickte ihm zu, deutete auf den Barhocker hinter ihm. „Auch einen Drink, Peter?" „Ja danke, Gin Tonic bitte", antwortete Peter, während Samantha ihn sanft aber bestimmt an den zugewiesenen Platz führte. Susanne stellte Augenblicke später das Gewünschte vor ihm auf den Tresen. „Für mich nichts, danke", sagte Samantha auf Susannes fragenden Blick und blieb ansonsten wie eine Statue neben Peters Barhocker stehen.

Als Peter sich anschickte sein Glas zu heben und den beiden zuzuprosten, legte Samantha sachte ihre Hand auf seinen Arm. „Lass das bitte", sagte sie nur. „Trink und warte, was passiert." Peter blickte irritiert um sich, aber da es niemanden gab, mit dem er sich hätte weiter auseinandersetzen können, musste er es wohl dabei bewenden lassen. Er beobachtete stattdessen fasziniert, wie selbstverständlich Ben seine Hand auf Julias Oberschenkel liegen hatte, was diese nicht im geringsten zu stören schien. Im Gegenteil: Julia suchte und fand den Blickkontakt zu Peter, stellte das überschlagene Bein wieder auf dem Barhocker ab und öffnete ihre Schenkel, sodass Bens Finger ungehindert bis zu ihrer blanken Spalte vordringen konnten.

Da war es für Peter auch wenig hilfreich, dass Samantha ihn jetzt mit einer Hand sachte auf seinem Rücken berührte und die andere sanft auf seinen Oberschenkel legte. Es dauerte nur Sekunden, bis Peter schmerzhaft daran erinnert wurde, wie geil ihn die Situation schon wieder machte. Sein Mund wurde trocken, er griff nach seinem Glas und leerte den letzten Rest des Gin Tonic. Ben und Julia schienen mit ihren Drinks auch fertig zu sein, jedenfalls stand Ben von seinem Barhocker auf. Als er neben Julia trat, sah Peter, dass Ben unter seinem nachlässig geschlossenen Umhang vollkommen nackt war und sein noch schlaffer Penis frei zu sehen war. Er reichte Julia die Hand, die sie ergriff und elegant vom Barhocker herunterglitt. Die Blicke der Anwesenden folgten ihr, als sie an der Hand von Ben durch den Barraum ging und ihm in den hinteren Teil des Clubs folgte. „Komm", sagte Samantha leise zu Peter, „sonst versäumst du noch die Vorstellung." Er seufzte ein wenig, stand aber ebenfalls von seinem Barhocker auf und ließ sich von seiner Begleiterin willig an der Leine führen. Das Dunkel des Erschließungsganges umfing die beiden, als sie Ben und Julia folgten, deren weißes Mieder durch den UV-Anteil in den Lampen der spärlichen Beleuchtung wie magisch leuchtete.

Schließlich bogen die beiden nach rechts in einen Raum ab, aus dem rotes Licht auf den Gang fiel. Wie vor einiger Zeit Julia, so war jetzt auch Peter über die Einrichtung erstaunt. Als Samantha ihn durch die Türe führte, stand Julia bereits am Bett, Ben neben ihr, die beiden schienen ihn schon zu erwarten. Samantha führte ihn an das Andreaskreuz, das an der Seitenwand unweit des Messingbettes angebracht war, und hängte die Fesseln an seinen Handgelenken hoch über seinem Kopf an zwei Karabinern fest. Sie drehte sich kurz um, als ein unbeteiligtes Paar scheu ein paar Schritte in den Raum wagte. „Ihr dürft gern von draußen zusehen, aber bitte kommt nicht herein, wir möchten keine weiteren Mitspieler." Der Wunsch Samanthas wurde widerspruchslos respektiert, aufgrund der Lichtverhältnisse war es von innen kaum festzustellen, ob durch die Tür oder die kleinen Fensterluken jemand zusah.

Die Vorspeise

Samantha wandte sich jetzt wieder Peter zu. Sie nahm eine Schere von einem der Wandhaken und schnitt mit einer raschen Bewegung das Schloss seines Schwanzkäfigs auf. Sie befreite ihn gänzlich davon. „Du sollst ja etwas davon haben und nicht nur dauernd Schmerzen", lächelte sie ihn an, ließ ihre Hand wie zufällig über seinen Bauch streifen. Peter musste hilflos zur Kenntnis nehmen, dass sein Schwanz nahezu augenblicklich steif erigiert war und unübersehbar abstand. Samantha ging jetzt zu Ben und Julia hinüber, nahm Ben den locker von seinen Schultern hängenden Umhang ganz ab. Der Schwarze stand jetzt an die 1.90 groß vollkommen nackt vor Julia, die mit ihren 1.65 neben ihm unendlich zart und verletzlich wirkte. Samantha zauberte von irgendwo her einen Haargummi und band Julias offenes Haar zu einem straff gezogenen Pferdeschwanz zusammen. Dann drückte sie Julia sachte, aber unmissverständlich auf ihre Schulter. Julia folgte der Bewegung und kniete vor Ben nieder, sein bereits halb erigierter Schwanz nur mehr Zentimeter von ihrem Gesicht entfernt.

Mit der größten Selbstverständlichkeit griff jetzt Samantha nach Bens Gemächt, nahm Julias Kopf unterm Kinn und führte seinen gewaltigen Schwanz an ihre Lippen. Die machte für Peters Geschmack allzu bereitwillig auf und nahm Bens Gemächt tief in ihre Mundhöhle. Versuche, auch ihre Hände zu Hilfe zu nehmen, wehrte Samantha sachte aber bestimmt ab. Peter konnte seinen Blick nicht davon abwenden, wie Bens Schwanz unter der kundigen Behandlung seiner Frau immer größer und steifer wurde. Samantha stellte sich derweil wieder neben Peter und begann mit einer Hand sachte eine seiner Brustwarzen zu reiben, während Bens Hände jetzt Julias Kopf fassten und gleichzeitig sein Schwanz immer fordernder tief in ihren Mund stieß. Peter staunte, denn es war ihm in ihrer langjährigen Beziehung noch kaum je gelungen, Julia zum Blasen zu bringen, geschweige denn dazu, sich in den Mund spritzen zu lassen. Doch hier ließ sie sich offenbar willig benutzen, jedenfalls sah es nicht so aus, als ob Ben noch lang brauchen würde.

Schließlich ergoss er sich mit lautem Stöhnen tief in ihren Mund, Julia kämpfte recht offensichtlich mit der großen Menge Samen, den sie nur zum Teil schluckte, der andere Teil lief aus ihrem Mund heraus, über ihr Kinn hinunter und tropfte auf den Boden. „Geil, was?", fragte Samantha leise und wichste ein wenig Peters Schwanz, während Julia mit ihrem spermaverschmierten Gesicht Blickkontakt zu ihm suchte. Samantha ließ wieder von Peter ab und ließ ihn mit der aufgestauten Erregung allein. Sie reichte Julia ein großes Papiertaschentuch und gestattete ihr jetzt wieder, ihre Hände zu benützen.

Der Hauptgang

Samantha nahm jetzt Julia an einer Hand, führte sie zu dem großen Messingbett und bedeutete ihr, sich bequem auf den Rücken zu legen. Sie nahm in aller Ruhe eine andere Kette mit zwei weichen Lederhandschellen von der Wand, legte die eine um Julias linkes Handgelenk, fädelte die Kette um einen der Messingträger des Betthauptes und fixierte die andere Handschelle an Julias rechtem Handgelenk. Ebenso wurden ihre Beine um die Knöchel gefesselt und mit zwei Ketten weit gespreizt an den unteren Stehern des Bettgestelles fixiert.

Wenn Peter jetzt annahm, dass Ben sie einfach hart rannehmen und durchficken würde, dann lag er gründlich falsch, viel subtiler war das Spiel, das Samantha und er vorbereitet hatten. Plötzlich hatten sie beide lange Federn in der Hand und begannen Julia erst wie zufällig damit zu berühren. Peter, der wusste, wie kitzlig seine Frau an manchen Stellen war, konnte nur hilflos zusehen, wie sie seinen Blick suchte, die Berührungen an manchen Stellen gut wegsteckte, sich an anderen aber regelrecht verkrampfte oder spitze Schreie ausstieß. Immer wieder waren dabei auch die empfindlichen Innenseiten ihrer Oberschenkel, ihre Schamlippen und ihre schutzlos exponierte Vulva Ziel der Berührungen, was für Julia das Gefühl des Ausgeliefertseins bald mit einer wachsenden sexuellen Erregung mischte.

Ben legte nun die Feder beiseite und griff wiederum nach der Schere, die Samantha schon an seinem Schwanzkäfig benutzt hatte. Mit einer Mischung aus Entsetzen und Faszination sah Peter zu, wie er begann, zunächst die dünnen Träger des Mieders durchzuschneiden, dann die kunstvoll gespannten Strapse zu Julias Strümpfen, die Schere zuletzt knapp oberhalb ihrer Vulva ansetzte und das straffe Mieder von vorne einfach aufschnitt. Der angespannte Stoff klaffte augenblicklich auseinander, legte Julias Bauch und ihre vollen Brüste frei. Samantha berührte sie mit der Feder einfach auf dem Bauch, um sie dazu zu bringen, ihren Körper ein wenig zu heben, sodass sie den Stoff des Mieders ganz entfernen konnte. Julia schaute Peter jetzt schon hilfesuchend an, doch er war ebenso immobilisiert wie sie und konnte nur mit steif abstehendem Schwanz zusehen, wie die beiden mit Julia weiter ihr Spiel spielten.

Während Samantha sie weiter mit der Feder bearbeitete, hatte Ben jetzt plötzlich ein Paddel in der Hand, mit dem er Julia leichte Klapse versetzte. Es schien Peter nicht so sehr der Schmerz zu sein, der Julia beschäftigte, sondern die Unvorhersehbarkeit der Treffer und die Unmöglichkeit, sich auch nur irgendwie dagegen zu wappnen. Peter, der sie genau kannte, bemerkte den Punkt, wo sie innerlich aufgab, gegen die Behandlung weiteren Widerstand zu leisten, und sich einfach mehr und mehr in die Sinnesreize und die von ihnen ausgelöste Extase hineintreiben zu lassen. Julia keuchte bereits schwer, ihre Brüste hoben und senkten sich mit jedem ihrer immer rascher werdenden Atemzüge, doch die beiden gönnten ihr keine Verschnaufpause bis …

Schließlich ließ Ben von ihr ab. Mit unglaublicher Eleganz kletterte er auf das Bett, im Kniestand zwischen Julias zwangsweise gespreizten Beinen. Ostentativ begann er, seinen ohnehin schon fast erigierten Schwanz vor ihr zu wichsen, während Samantha ihre Hand jetzt an Julias Nippeln hatte und sie immer härter bearbeitete. Julia hatte den Blickkontakt zu Peter wieder verloren und war jetzt vollkommen konzentriert auf den Schwanz, der sie wohl jede Sekunde mühelos penetrieren und nach seinem Willen nehmen würde.

Schließlich war es so weit, mit einer Mischung aus Faszination und Abscheu sah Peter, wie der gewaltige Schwanz mühelos bis zum Anschlag in Julia, seiner Frau, verschwand. Seiner Frau! Doch er hatte nicht lange nachzudenken, denn plötzlich stand Samanttha wieder neben ihm, begann mit einer Hand an seinem seiner Nippel zu drehen und mit der anderen quälend langsam seinen Schwanz zu wichsen. Ben und Samantha verständigten sich jetzt über Blickkontakt, und so brachten sie es zuwege, dass Peter genau in dem Augenblick im hohen Bogen abspritzte, in dem sich Ben tief in Julia ergoss. Ebenso synchron ließen die beiden von Peter und Julia ab, Samantha löste Peters Hände vom Andreaskreuz, während Ben Julia von ihren Handschellen befreite.

„Wir lassen das Ehepaar jetzt wohl am besten eine Weile allein", sagte Ben zu Samantha. Diese reichte ihm seinen Umhang, den sie fein säuberlich auf einem der Stühle ausgebreitet hatte, und folgte ihm dann aus dem Spielzimmer, aus dem er wie ein König auszog, der neues Territorium für sich in Besitz genommen hatte.

Die Nachspeise

Wie paralysiert stand Peter noch eine Weile am Andreaskreuz und starrte einfach auf das Bild, das sich ihm bot. Julia lag auf dem Bett, offensichtlich benutzt, sie hatte einen Schuh verloren, die Strümpfe waren ihr bis unter die Knie heruntergerutscht. Sie wartete einfach. Ihre Blicke begegneten einander, und schlagartig wurde Peter klar: Das hier war keine unsymmetrische Situation mehr. Julia hatte für diese Szene viel investiert, sie minutiös vorbereitet, war genauso an ihre eigenen Grenzen gegangen, wie sie das von ihm eingefordert hatte. Und er sah Unsicherheit in Julias Augen: Die Unsicherheit, ob er sie nach all dem, was er jetzt gesehen hatte, überhaupt noch lieben und begehren konnte.

Peter ging langsam auf sie zu, klomm auf das Bett, nahm etwa die Position ein, die Ben zuvor zwischen Julias Beinen gehabt hatte. Er betrachtete sie eine Weile einfach, dann berührte er sie sachte, streichelte sie an genau den Stellen, an denen sie die beiden zuvor mit der Feder gereizt hatten, an den Stellen, an denen jetzt Bens Sperma klebte und Peters Kopf mit seinem Geruch füllte. Julia beobachtete ihn, sie gewann langsam ihre Sicherheit wieder zurück, lächelte ihn verführerisch an. Er beugte sich hinunter, in einem plötzlichen Bedürfnis, ihr zu zeigen, wie bedingungslos er sie liebte. Seine Lippen, seine Zunge berührten ihre Haut, küssten sie sachte, leckten dann die Spuren die anderen Mannes säuberlich von und aus ihrem Körper. Julia schaffte es, sich noch einmal vollkommen auf das Spiel einzulassen, die neuen Wogen der Erregung zu genießen, die Peters Lippen und Zunge ihr bereiteten. Und sehr zu seinem Erstaunen stellte sich jene besondere Resonanz ein, die ihm so kurz nach dem Abspritzen neuerlich eine harte Erektion verschaffte. Die beiden brauchten in diesem Augenblick keine Worte: Peter glitt einfach auf sie, penetrierte sie mühelos, und die beiden liebten sich langsam und zärtlich, bis eine finale Woge eines gemeinsam erlebten Höhepunktes den Schlusspunkt unter die Intimität des Paares setzte.

Erschöpft ließen sie schließlich voneinander ab, blieben noch eine lange Weile einfach Arm in Arm auf dem breiten Bett liegen, bis schließlich die biologischen Notwendigkeiten die Oberhand gewannen und die beiden auf die Suche nach Toiletten und Waschgelegenheiten aufbrachen. Erst nach einer ausgiebigen Dusche wurden sie sich des Problems bewusst, dass sie beide keinerlei brauchbare Kleidung für den Rückweg mehr hatten: Peter sowieso nicht, und Julias weißes Mieder war ja unrettbar zerstört. Also blieb ihnen nichts anderes übrig, als einfach ihre Handtücher aus der Dusche mitzunehmen und sich so wieder zu präsentieren, wie sie nun einmal waren. Julia dachte noch daran, Peters Schwanzkäfig wieder zu montieren, doch das scheiterte in dem Augenblick daran, dass sie kein Einmalschloss mitgebracht hatte, also sammelte sie die Teile einfach ein und drückte sie Peter in die Hand.

Ein wenig befangen traten sie aus der Dunkelheit des Ganges wieder in den Barraum. Doch die Befangenheit war vollkommen unbegründet, der Großteil der Gäste schenkte ihnen nicht mehr als einen beiläufigen Blick, die Clubregeln verboten Nacktheit ja nicht. Sie sahen Ben und Samantha in einer gemütlichen Sitzecke an einem kleinen Tischchen sitzen, die beiden winkten ihnen, sich doch noch zu ihnen zu gesellen. Bei der ein oder anderen Runde Drinks brach sehr schnell das Eis zwischen den Vieren, Ben und Julia erzählten recht freimütig von ihrem Kennenlernen und den Vorbereitungen, die schließlich zu diesem Treffen geführt hatten.

Schließlich war es Susanne, die die vier mittlerweile allein im Club übriggebliebenen daran erinnerte, dass die Sperrstunde lang vorbei war. Obwohl man sich in den vergangenen Stunden näher gekommen war, lehnten sie allerdings das Angebot ab, doch einfach im Club zu übernachten, zu frisch waren vor allem für Peter und Julia die Eindrücke des eben Erlebten, das Paar würde wohl erst einen Modus finden müssen, von hier aus den begonnenen Weg weiterzugehen und zu einem Ende zu bringen. Man verabschiedete sich also, schloss aber ein Wiedersehen nicht aus.

Im Taxi sprachen Peter und Julia kaum miteinander, sie hingen wohl beide ihren eigenen Gedanken nach. Allerdings bestand Julia vor dem Schlafengehen darauf, Peter wieder den Käfig anzubringen und mit einem neuen Schloss zu verschließen. „Wir wollen doch die Entscheidung, wie wir da weiter vorgehen, nicht einfach so vorwegnehmen, sondern in passender Form gemeinsam treffen", meinte sie nur, während sie die Lasche durch die Öse rattern ließ, bis das Schloss wieder fest saß. Für Peter hatte das zwar wenig Sinn, aber er sah keine Notwendigkeit, das in diesem Augenblick zu diskutieren, sondern zog sich mit einem „Danke für den Abend, aber jetzt gute Nacht" und einem letzten Kuss für Julia in sein Zimmer zurück.

Und zurück

Danach

In den Wochen nach dem Clubbesuch kamen Peter und Julia kaum dazu, sich mit der weiteren Entwicklung ihrer Cuckold-Beziehung zu befassen. Bereits am nächsten Tag mussten die beiden Zwillinge früher von den Großeltern abgeholt werden, weil sie Erkältungssymptome zeigten, und die kommende Woche war von den banalen organisatorischen Problemen in Anspruch genommen, die die häusliche Pflege der beiden Kinder mit sich brachte. Peter und Julia teilten sich die Betreuungszeit, doch es mussten daneben zumindest die dringendsten dienstlichen Angelegenheiten in Telearbeit erledigt werden, Arzttermine waren wahrzunehmen, Haushalt und Versorgung von vier Personen nahmen ungewohnt viel Zeit in Anspruch, und so fielen die beiden am Abend todmüde ins Bett und verschwendeten keine Gedanken an eheliche oder außereheliche Zweisamkeit. Erst zwei Wochen später normalisierte sich der Alltag so weit, dass die beiden wieder einmal zum Durchschnaufen und zu einer Reflexion der Situation kamen. Doch irgendwie konnte sich auch keiner der beiden aufraffen, von sich aus das Gespräch zu suchen.

Julia saß also eines Abends allein in ihrem – mittlerweile war es wohl „ihres" geworden – Schlafzimmer und versuchte ihre Gedanken zu ordnen. Was die weitere Gestaltung des Cuckoldings an sich anbelangte, war sie mit ihrem Latein am Ende. Sie hatte das Gefühl, ihre Möglichkeiten an Inszenierungen ausgeschöpft zu haben. Sie hatte den Abend mit Ben im Club zwar als einmaliges Ereignis durchaus interessant gefunden, war aber auch zu der Erkenntnis gelangt, dass weitere mehr oder weniger wahllose Begegnungen dieser Art sie nicht weiterbrachten. Was ihre Gedanken auf Frank richtete, den sie schon eine geraume Weile nicht mehr getroffen hatte. Es war nicht so, dass er sie rundweg abwies, aber irgendwie schien es mit den Gelegenheiten nicht mehr so richtig zu klappen. Und was Peter anbelangte ... sie wollte ihn eigentlich wieder ganz einfach als Ehemann haben, aber er machte keinerlei Anstalten, das Spiel zu beenden, und bisweilen hatte sie den Eindruck, er würde irgendwie darauf warten, dass sie ihn wieder auf ein neues, sensationelles Erlebnis einstimmte. Doch so sehr sie nachsann – die Sache mit Ben so oder so ähnlich zu wiederholen, schien ihr einfallslos, und sonst hatte sie wenig Ideen.

Peter wiederum wurde eine geraume Weile den Gedanken nicht los, ob Julia sich nun wirklich hatte schwängern lassen. Wirklich ausschließen konnte er es in seiner Einschätzung auch nicht, obwohl er die Vorstellung, dass sie sich – wenn schon – dazu ausgerechnet einen Schwarzen gesucht hätte, sehr weit hergeholt fand. Zudem wäre das eine Erklärung dafür, dass sie ihn auch nach der Normalisierung der häuslichen Situation mehr oder weniger links liegen ließ. Vielleicht wollte sie ihn ja damit erst überraschen, wenn sie sich wirklich sicher war? Peter schob also den Gedanken fürs Erste einfach zur Seite, damit hatte er ja doch schon einige Routine. Nach zweieinhalb Wochen war er allerdings aufgrund gewisser vertrauter Anzeichen bei Julia ziemlich sicher, dass das nicht der Fall war. Außerdem bezweifelte er, dass sie bei einer Sache von solcher Bedeutung die ostentative Beiläufigkeit durchgehalten hätte, mit der sie ihn seit dem Clubbesuch behandelte. Julia war zwar bisweilen unvorhersehbar in ihrem Verhalten, aber Konsequenz gehörte nicht zu ihren herausragenden Eigenschaften, und auch ihre Fähigkeit zur Geheimhaltung hatte ihre Grenzen.

Trotzdem konnte auch Peter sich nicht dazu entschließen, einfach die Münze auf den Tisch zu legen und der Sache ein Ende zu machen. Wer weiß, vielleicht hatte sie noch eine Idee im Talon, und diese wollte er weder ihr noch sich verderben. Andererseits hatte seine Geduld, sexuelle Enthaltsamkeit zu ertragen, ihre Grenzen, also beschloss er das zu tun, was er in solchen Situationen immer tat: Den Schein wahren und ausweichen, sobald sich eine Gelegenheit dazu bot.

Eine Überraschung

Die Gelegenheit sollte sich schon recht bald ergeben. Am nächsten Samstag verabschiedete sich Julia bereits früh mit den Kindern im Schlepptau, und mehr als ein knappes „rechne nicht vor dem späten Abend mit mir" war von ihr über den Verlauf des Tages nicht zu hören. „Die Kinder sind bis morgen Abend bei den Großeltern?", fragte er nach. „Ja, bitte kannst du dich drum kümmern, sie abzuholen?" Die beiden Zwillinge jubelten „Jö, Papi, kommt zu Oma", während Julia es schon eilig haben schien, aus dem Haus zu kommen. Was immer sie vorhatte, Peter blickte ihr noch eine Weile kopfschüttelnd nach.

Eigentlich war Peter halb und halb entschlossen gewesen, der Sache an diesem Wochenende dann doch ein Ende zu bereiten, er hatte sich auch einiges an Ideen zurechtgelegt, wie er Julia das hätte schmackhaft machen wollen. Aber darauf, mit seinem Schwanzkäfig hier wieder mehr oder weniger ein Wochenende lang herumsitzen zu müssen, hatte er nun wirklich keine Lust mehr. Er frühstückte also in Ruhe fertig und griff dann nach seinem Mobiltelefon, im Karin anzurufen. „Ja, du kannst gern herkommen, aber gib mir noch zwei Stunden Zeit, ich habe eine Überraschung für dich, mein Lieber." „Ja, bis dann, ich freue mich." Peter legte auf, seine Laune stieg augenblicklich, und er war schon neugierig, was das für eine Überraschung sein würde.

Die zwei Stunden würde er wohl auch noch brauchen, er musste sich ja auch noch selbst von dem Käfig befreien und seinen Körper in Schuss bringen. Das Durchschneiden des Schlosses war ja jetzt schon zur Routine geworden, er begab sich anschließend ins Bad und ließ sich Zeit für eine ausgiebige Dusche, eine gründliche Rasur seines Bartes und aller sonstigen

Stellen an seinem Körper, an denen er Behaarung als störend empfand.

Er stöberte dann eine Weile in seinem Kasten, entschied sich dann für schwarze Jeans, dazu ein graues Sporthemd und das neue graue Sportsakko, das er sich erst unlängst gekauft hatte. Er blickte eine Weile in den Spiegel und war recht zufrieden mit sich, er hatte auch den Eindruck, in den letzten Wochen ein wenig abgenommen zu haben. Im Vorzimmer nahm er sich noch Zeit, seine schwarzen Halbschuhe zu putzen, bevor er in diese hineinschlüpfte. Ein letzter Blick in den Spiegel, der in der Garderobe an der Wand hing, dann verließ er vergnügt die Wohnung.

Auf dem Weg zu Karin besorgte Peter noch Blumen, natürlich keine Rosen, sondern einen bunten Strauß, wie ihn Karin gern mochte. So war er bereits zehn Minuten zu spät dran, als er unweit Karins Wohnhaus einparkte, durch das offenstehende Haustor in die Einfahrt trat, die drei Stockwerke zu ihrer Wohnung hinaufging, vor der Türe wartete, bis sein Atem sich einigermaßen normalisiert hatte und dann anläutete.

Karin lächelte etwas verschmitzt, als sie ihm öffnete. Diesmal war sie nicht in Dessous, sondern trug ein schlichtes schwarzes Kleid. „Komm doch erst mal rein", empfing sie ihn, als Peter ihr die Blumen entgegenstreckte. „Danke, sind die aber schön, ich hab doch gar nicht Geburtstag", setzte sie fort, als sie dem Strauß entgegennahm. „Geh schon mal vor ins Wohnzimmer, ich tu sie gleich in eine Vase." Peter schlüpfte also aus seinen Schuhen und ging den kurzen Flur entlang in Karins Wohnzimmer. Er blieb an der Türe stehen: Irgendetwas schien anders als sonst, er konnte es nur nicht greifen. Er verscheuchte den Gedanken und machte sich derweil an der Bar zu schaffen und bereitete die beiden Gläser guten Cognac vor, die zum fixen Begrüßungsritual zwischen den beiden gehörten. „Schenkst du bitte ein drittes Glas ein", hörte er Karin da hinter sich sagen, die eben mit einer Vase in der Hand in den Raum gekommen war, in der sie die Blumen nett arrangiert hatte.

Peter musste sie entgeistert angesehen haben. „Mach es einfach, ich bringe einstweilen die Überraschung, du wirst es gleich verstehen." Mit diesen Worten ging sie zur Türe des angrenzenden Schlafzimmers und öffnete sie. „Frank, kommst du bitte, unser Besuch ist da." Peter verschüttete vor Schreck ein wenig Cognac, als diese Worte an sein Ohr drangen. Karin überging den Vorfall, nahm Peter zwei der bauchigen Schwenker ab, reichte einen an Frank weiter und bat die beiden zu der gemütlichen Sitzecke, die die eine Hälfte ihres Wohnzimmers einnahm: „So, ihr beiden, vorzustellen brauche ich euch ja wohl nicht. Aber jetzt setzt euch erst mal. Peter, mach den Mund wieder zu, und dann wird es Zeit, dass wir Klartext miteinander reden." Peter versuchte den Ausdruck Franks zu ergründen, doch er konnte darin keinerlei Arroganz oder gar Feindseligkeit erkennen, sein Blick war offen, er lächelte freundlich. „Na dann, Peter, dann folgen wir doch einfach Karins Einladung? Und erst einmal – cheers, und herzlich willkommen."

„Cheers." Peter hob mechanisch sein Glas, nachdem er sich in einen der bequemen Fauteuils gesetzt hatte. Die drei leerten die Gläser mit einem Zug. „Also, mein lieber, wo beginne ich am besten?", begann Karin zu sprechen. „Wohl ganz einfach da: Frank und ich sind einander in den letzten Wochen näher gekommen, wir wohnen zwar nicht ständig zusammen, aber wir würden uns mittlerweile als ein Paar bezeichnen." Sie wartete eine Weile, bis Peter das Gesagte auf sich wirken hatte lassen. „Na da gratuliere ich ganz herzlich", sagte er dann und hoffte, die Worte einigermaßen überzeugend rüberzubringen. Er wunderte sich allerdings, dass ihn Karin unter diesen Umständen überhaupt zu sich eingeladen hatte. „Du fragst dich jetzt sicher, warum ich dich dann heute hierher eingeladen habe", fuhr Karin fort. Tja, die Frau Psychologin, aber allzu schwer war das wohl so und so nicht zu erraten gewesen. Peter nickte leicht, sagte nichts, und sah die beiden erwartungsvoll an.

„Nun, der Grund ist ganz einfach: Wir beide beobachten jetzt schon eine Weile, was zwischen Julia und dir vorgeht, wir wurden ja beide schon in das Spiel hineingezogen, das ihr beide da miteinander begonnen habt. Zunächst einmal wollten wir beide dich wissen lassen, wie wir beide zueinander stehen. Und auch, wie wir die Rollen sehen, in die wir beide da mehr oder weniger hineingedrängt wurden. Und vielleicht kannst du ja dann auch ein wenig aufklären, was in eurer Ehe jetzt wirklich läuft?"

Karin begann darüber zu sprechen, wie Julia an jenem Tag spontan bei ihr angerufen hatte, der dann mit dem Dreiertreffen geendet hatte. Sie hatte ja anfangs die Idee, Peter gemeinsam ein wenig in die devote Rolle zu drängen, durchaus reizvoll gefunden, wollte dann aber in die Verbissenheit, mit der Julia die Sache weiter verfolgte, nicht mehr hineingezogen werden. „Ob du dabei jetzt Vereinbarungen mit Julia gebrochen hast oder nicht: Ich wollte mich jedenfalls nicht in die Rolle drängen lassen, die Beschränkungen zu überwachen, die sie dir möglicherweise auferlegt hatte."

Peter räusperte sich. „Ich denke, es ist nur fair, wenn ich einmal erzähle, auf was Julia und ich uns da eingelassen haben." Er berichtete relativ nüchtern und offen, was sich seit dem Tag ereignet hatte, an dem die beiden vereinbart hatten, das Experiment „Cuckolding" zu wagen. „Nah jetzt wird auch mir einiges schlagartig klar", warf Frank an der Stelle ein, wo Peter über dessen Übernachtung bei Julia erzählte. „Ich hab mich schon gewundert, was das für eine merkwürdige Inszenierung sein sollte, und noch dazu, wo sie dich dann in der Früh dazu geholt hat. Ich war auf das ganze nicht wirklich vorbereitet und habe halt improvisiert, so gut es mir möglich war." Peter berichtete schließlich noch über die Nacht im Club mit dem Schwarzen und seiner Partnerin. Auch das zeitweilige Tragen des

Schwanzkäfigs ließ er nicht aus. Karin musste wieder schmunzeln, als Peter seine Erzählung beendet hatte und die beiden anderen erwartungsvoll anblickte.

„Und jetzt ist die Luft raus, weil ihr nach dem Schwarzen nichts mehr Neues eingefallen ist, du aber den Käfig nicht offen ablegen willst, weil du sonst Angst hast, dass sie vielleicht zur Monogamie zurückkehren möchte." Peter konnte nur nicken, so war es wohl nüchtern auf den Punkt gebracht. „Aber sag: Da ich nicht annehme, dass du mit Käfig hier hergekommen bist: Wie hast du es geschafft, ihn loszuwerden?" Peter zögerte einen Augenblick: Er hatte eigentlich nicht die Absicht gehabt, Karin alle seine kleinen Geheimnisse offenzulegen, aber nach seiner rückhaltlosen Erzählung war das wohl nicht mehr zu vermeiden. Er erzählte Karin halt von den Einmalschlössern und von seiner Annahme, dass Julia die Nummern nicht sonderlich genau kontrollierte.

„Hast du den Käfig mitgebracht? Ich nehme ja an, du wirst nicht ohne nach Hause kommen wollen, und ich würde so etwas für mein Leben gern einmal sehen." Es war Frank, der sich zu Wort meldete. „Ja klar", gab Peter zur Antwort und überlegte bei sich schon, wie er verhindern konnte, dass Frank die Demonstration jetzt gleich verlangte, mehr als ein Schloss hatte er nämlich nicht mitgenommen. Doch seine Sorge war unbegründet. Karin kam ihm dabei aber zu Hilfe. „Ja, das würde ich auch gern mal sehen. Aber das hat Zeit. Schließlich habe ich Peter nicht nur hierher eingeladen, um seine reichlich schrägen Ehearrangements zu erörtern, um das Schlamassel kümmern wir uns später. Jetzt ist es einmal Zeit, Frank einen Herzenswunsch zu erfüllen, ich denke, du wirst dabei gern helfen, Peter."

Leichtigkeit

Damit stand sie auf, deutete den beiden Männern, ihr zu folgen, und ging voran in ihr Schlafzimmer, in dem ein frisch bezogenes, herrlich duftendes breites Bett auf die drei wartete. Bald hatte Peter kapiert, was die beiden jetzt wollten: Diesmal war es Frank, der einmal miterleben wollte, wie die Frau, die er liebte, sich einem anderen hingab. Doch die beiden gingen die Sache dann doch deutlich anders an, als Karin das angenommen hatte. Es brauchte in der Situation einen „Bull" und keinen „Cuckold", die beiden Männer fühlten sich scheinbar mühelos in die Situation des Dreiers ein, ohne dass es zwischen ihnen eine Hierarchie brauchte. Bald hatten sie alle drei ihre Kleidung abgelegt, und die beiden Männer hatten Karin auf dem großen Bett in die Mitte genommen, wo sie sich es erst mal einfach bequem machte und abwartete, was die beiden vorhatten. Bald schwebte sie unter deren zärtlichen Berührungen auf einer Wolke von Erregung und Lust, und die beiden kooperierten dabei so perfekt, dass keinerlei Bruchlinien ihr Genießen zu stören drohten.

Schließlich hielt Karin Peters Schwanz in ihrer Hand, der bereits voll erigiert neben ihr auf dem Bett kniete, während sich Frank mit seinen Händen und Lippen ihre Lust und ihr Verlangen immer mehr schürte. Kurze Zeit war sie ein wenig befangen, empfand eine tief in ihrem Inneren wurzelnde Scham, sich vor den beiden Männern gar so geil und bereit zu zeigen, doch es gelang ihr rasch, diese Hemmungen wieder aus ihrem Bewusstsein zu drängen und sich darauf zu konzentrieren, Peters Schwanz noch ein wenig zu wichsen und den Lusttropfen zu beobachten, der sich bereits auf seiner Eichel gebildet hatte. „Na dann wollen wir die Dame doch nicht mehr länger warten lassen", sagte Frank schließlich und räumte seinen Platz neben Karin so weit, dass Peter sich ungehindert auf sie schieben und mit einem einzigen tiefen Stoß in sie eindringen konnte. Karin wechselte noch einmal einen intensiven Blick mit Frank, doch der lächelte sie nur aufmunternd an und griff dann nach ihrer Hand. Sie schloss dankbar die Augen und hielt sich einfach an Frank fest, was ihr sehr erleichterte, sich in seiner Gegenwart ganz auf Peter einzulassen.

Natürlich wurde die Sache dadurch erleichtert, dass auch Karin und Peter einander sehr gut kannten. Beide legten jetzt alles, was sie zu bieten hatten, in ihr langes, intensives, weltvergessenes Liebesspiel. Karin ließ sich einfach treiben, achtete nur immer wieder darauf, auch Peter mit jenen kleinen Berührungen zu versorgen, die seine Erregung und Spannung aufrechterhielten, bis er sich nach einer gefühlten Ewigkeit endlich in sie ergoss. Beide Männer spürten, dass Karins Flow noch nicht zu Ende war, und so brauchte es zwischen ihnen nicht mehr aus den kurzen Austausch von Blicken. Peter räumte jetzt seinen Platz, legte sich auf der anderen Seite neben Karin und griff nach ihrer Hand, während Frank, den die Szene offenbar sehr erregt hatte, sich auf Karin schob und einfach da weitermachte, wo Peter aufgehört hatte.

Diesmal konnte sich Karin rechtzeitig bewusst machen, dass die Scham, die sich in den Tiefen ihres Unbewussten wieder kurz zu Wort meldete, nur eine Folge von Prägungen aus ihrer Kindheit und Jugend war, es gelang ihr, sie fast vollkommen von ihrem Bewusstsein fernzuhalten und sich nahtlos auf das Liebesspiel Franks einzulassen, dass doch so anders war als Peters. Härter, fordernder, aber in keiner Weise grob oder selbstsüchtig. Frank benötigte keine der zusätzlichen Stimulationen, die Peter so gern mochte, im Gegenteil, bei Frank musste sie immer ein wenig bremsen, Zurückhaltung einfordern, was er mit der Zeit dann immer mehr ignorierte, sodass es immer dazu kam, dass sie die Kontrolle vollkommen aufgab und sich von seiner viel elementareren, ungestümeren Manneskraft einfach überrollen ließ und dafür mit einem letzten intensiven Orgasmus belohnt wurde.

Danach

Karin lag vollkommen befriedigt und entspannt zwischen ihren beiden Liebhabern. Das Schamgefühl, das sie davor noch hatte ein wenig unter Kontrolle halten müssen, war jetzt vollkommen verschwunden, es fühlte sich in diesem Augenblick gut und stimmig an, den Samen der beiden Männer in sich zu tragen, die ihr eine derart exquisite Stunde vollkommenen Glücksempfindens geschenkt hatten. Gedankenverloren griff sie aus Franks Hand nach der Zigarette, die zwischen ihnen reihum ging, nahm einen tiefen Zug, ließ den Rauch langsam in Richtung Zimmerdecke entweichen und reichte die Zigarette an Peter weiter.

Eine lange Weile sprachen die drei nichts, hingen wohl jeder den eigenen Gedanken nach. Vor allem Peter sann darüber nach, wozu eigentlich für das, was er auch mit Julia erleben wollte, ein Machtgefälle zwischen ihr und ihm oder auch eines zwischen dem fremden Mann und ihm notwendig sein sollte. Im Vergleich zu dem friedlichen, gemeinsamen Genuss, den er gerade mit den beiden erlebt hatte, kam ihm das alles ein wenig archaisch und auch willkürlich vor. Wobei andererseits – auch das musste er vor sich selbst zugeben – das zeitweilige Spiel mit dem Käfig auch seinen Reiz hatte. Vor allem, wenn man es als Spiel betrachtete und die Regeln dabei nicht allzu ernst nahm, wie er nicht umhinkam, ebenfalls zuzugeben.

Karin riss ihn aus seinen Gedanken: „Ich denke, wir haben jetzt alle Hunger, ich bestelle uns rasch etwas, und dann brauchen wir wohl alle einmal eine Dusche." Die beiden Männer lachten befreit, bei aller Harmonie war die Stille schon ein wenig zu lang geworden. Für Karin, die das ebenfalls bemerkt hatte, waren solche kleinen Interventionen tägliche berufliche Routine, sie brauchte darüber gar nicht lange nachzudenken. Bald war sie vom Telefon wieder zurück. „Eine Stunde mindestens, also hetzen brauchen wir uns nicht", konstatierte sie. Ein momentanes Aufleuchten in Franks Augen quittierte sie aber mit einem mitleidigen Lächeln: „Übernimm dich mal nicht, mein bester, wer weiß, wofür du deine Manneskraft heute noch brauchen wirst. Aber wir könnten doch die Gelegenheit nützen, dass Peter uns einmal sein kleines Gefängnis vorführt?"

„Erst möchte ich mal duschen", versuchte er auszuweichen. „Ja klar, das können wir auch alle gemeinsam, meine Dusche ist groß genug", gab Karin zurück. „Aber hol schon mal die Sachen her, aus der Nummer kommst du nicht mehr raus." Seufzend machte sich Peter auf den Weg zu dem kleinen Rucksack, in den er neben Schlüsseln und Wertsachen auch den stählernen Käfig und das Schloss gepackt hatte. Er legte die Sachen im Bad auf das Waschbecken und gesellte sich zu den anderen beiden, die schon kichernd unter der gigantischen Regenwaldbrause standen, aus der reichlich angenehm warmes Wasser lief.

Der Käfig kehrt zurück

Schließlich hatten die drei genug vom Spiel unter dem warmen Wasserstrahl, Karin hatte drei große Badetücher vorbereitet, mit denen sie sich jetzt gründlich abtrockneten. Dann griff sie nach Peters Käfig, betrachtete das Teil eine Weile genau und reichte es dann auch an Frank weiter. „Ganz schön schwer", meinte Frank, „Zieht das nicht ständig hinunter und schmerzt dann mit der Zeit an den – hmm – empfindlichsten Teilen?" Peter sah ihn eine Weile an, er war zunächst befangen, so offen darüber zu sprechen. Außerdem fühlte er, wie sich sein Schwanz vor den beiden wieder mit Blut füllte und langsam aufrichtete. „Also bei mir war das bis jetzt nicht der Fall", versuchte er so sachlich wie möglich zu antworten.

„Warum sehen wir uns das nicht einfach mal an, bevor Peter einen derartigen Steifen kriegt, dass der Käfig nicht mehr draufpasst?" Es war Karin, die diese Worte sprach, dabei spöttisch grinste und Frank das Teil wieder aus der Hand nahm. „Also, sehen wir mal, ob ich es zusammenbekomme. Pfoten weg, Peter", setzte sie nach. Sie ging in die Hocke, mit ein paar erstaunlich routinierten Griffen an Peters Eier hatte sie Erektion rasch wieder unter Kontrolle gebracht. „Hmm, das kann nur so gehören." Mit diesen Worten legte sie den Ring um Peters

Schwanzwurzel. Der schluckte erst heftig, als Karin da so ungeniert an seiner intimsten Stelle hantierte und Frank aus nächster Nähe dabei zusehen konnte. Doch andererseits … Er dachte daran, was er schon alles hatte einstecken müssen.

„Und da gehört jetzt der Schwanz rein, nicht wahr?" Karin hatte rasch heraus, wie der Käfig selbst auf den Stift aufgesetzt wurde, der von dem Ring auf der Oberseite senkrecht abstand. Durch die passende Bohrung im Rand des Käfigs wurde auch der Ring unlösbar zusammengehalten, an der Oberseite des herausragenden Stiftes wurde eine kleine geschlossene Metallöse sichtbar. „Darf ich?", fragte Frank scheu und berührte die Metallteile sachte mit seinen Fingerspitzen. „Und wie hält das jetzt an seinem Platz?", fragte er. „Na, wenn da oben das Schloss drinsteckt, ist alles fest", antwortete Peter. „Hmm, da gehört aber ganz schön Mut dazu, sich so etwas anlegen zu lassen", meinte Peter sinnierend. „Und Schmerzen im Tragen macht das Ding keine?" „Natürlich zieht es am Anfang ein wenig nach unten", gab Peter zu. „Aber an das gewöhnt man sich rasch, nach einem Tag spürt man es kaum mehr. Was auch wichtig ist, du kannst ja nicht den ganzen Tag bei der Arbeit nur an den Käfig denken."

„Und von der Sicherheit her – was, wenn du einen Unfall hast oder sonst was?" Peter dachte eine Weile nach. „Na ja, peinlich darf es dir halt im Fall dann nicht sein. Aber zumindest Julia und ich verwenden Einmalschlösser, die man leicht durchschneiden kann. Das Problem ist halt: Man kann sie nicht wiederverwenden, und jedes hat eine eindeutige achtstellige Nummer." Frank begriff. „Und so sieht das dann wohl in der Praxis aus", meine Karin und stecke den offenen Bügel durch die Öse. „Bist du bereit, Peter?" Peter nickte, Karin steckte das lose Ende des Schlosses die kleine Kunststofföse auf diesem und zog des mit einem „Ratsch" fest.

„Das heißt, wenn die Herrin sich die Nummer notiert, bist du überführt?", fragte Frank nach. „Ja, wenn", kicherte er. „Ich weiß nicht ob es Zufall oder Absicht ist, aber ich habe meistens nicht das Gefühl, dass Julia sich die Nummern aufschreibt, und ich habe mittlerweile meinen kleinen eigenen Vorrat an solchen Schlössern." „Was dir vermutlich auch den Ausflug heute hierher ermöglicht hat", kicherte Karin. „Aber jetzt ist ja alles wieder sicher verwahrt." Sie griff Peter übermütig ein wenig an die Eier, die schutzlos aus dem Käfig heraushingen. „Oder zumindest fast alles, soweit es die Sicherheit betrifft. Aber jetzt geht euch dann langsam anziehen, die Herren, irgendwann kommt der Essenslieferant dann doch, und ich denke, für euch Männer ist es deutlich weniger amüsant als für mich, ihn ganz ohne zu empfangen." Die beiden schmunzelten, waren aber dann doch beruhigt, dass auch Karin ins Schlafzimmer ging und sich zumindest ein Kaminkleid über ihren Körper zog.

Peter fing Franks neugierigen Blick auf. „Frank, du darfst schon in Ruhe schauen, ich denke, wir beide brauchen vor einander ohnehin keine Hemmungen mehr zu haben, oder? Auch wenn unser Start miteinander recht unkonventionell war, denke ich doch, wir könnten gute Freunde sein." Frank schenkte ihm ein gewinnendes Lächeln. Ja, und wenn Karins Plan für den Abend halbwegs gelingen würde, noch viel bessere, als Peter sich das gerade vorstellte. Doch er hütete sich, darüber zu sprechen. „Von Herzen gern", sagte er stattdessen und streckte Peter die Rechte hin, der einschlug. „Das Bier darauf nehmen wir zum Mittagessen, aber jetzt nehme ich dein Angebot an, mir die Sache näher zu besehen."

Und noch eine Überraschung

Das Mittagessen war beendet, das Bier tat bei Peter schon langsam seine Wirkung, da horchte er plötzlich wieder auf. Was hatte Frank da gerade so geplaudert, als ob es das Selbstverständlichste auf der Welt wäre? „Bitte, Frank, ich hab nicht richtig zugehört", antwortete er und versuchte beiläufig zu klingen, was ihm aber nicht ganz gelang. „Doch, du hast richtig gehört, aber ich wieder hole es gerne: Ich habe heute Abend noch ein Date mit deiner Frau." Frank und auch Karin weideten sich eine Weile an Peters verwirrtem Gesichtsausdruck, doch dann griff Karin ein: „Frank, hab ein bisschen Erbarmen mit Peter, der weiß heute schon den ganzen Tag nicht, wie ihm geschieht. Lass mich erzählen, Ok?" „Na gut", lächelte Frank, „du lässt dich ja ohnehin nicht daran hindern."

Karin erzählte von vorne, dass Julia ja schon seit Wochen versuchte, Frank zu erreichen, der sich aber nach dem überraschenden Cuckold-Date bei Peter ein bisschen rar gemacht hatte. Doch für heute Abend hatte sie selbst ihn dann ermuntert, Julia zuzusagen und sie in sein verschwiegenes Gartenhäuschen am Rande der Stadt einzuladen. Doch natürlich nicht ohne Hintergedanken, Karin hatte die Absicht, auch Julia davon in Kenntnis zu setzen, dass Frank jetzt mit ihr zusammen war, und gleichzeitig der Schieflage zwischen Julia und Peter heute noch rasch und gründlich ein Ende zu bereiten. Karin und Peter würden sich also als Überraschungsgäste dort auch einfinden.

Peter schaute zunächst skeptisch. „Und wie genau hast du dir das vorgestellt?", fragte er schließlich nach. „Glaubst du, Julia wird ein ‚ich hab dir deinen Lover ausgespannt, Süße, aber du kannst deinen Mann wieder haben, vertragt euch und hört mit euren Überspanntheiten auf' freudig zur Kenntnis nehmen?" Karin schaute ihn mitleidig an. „Es ehrt dich, mein lieber Peter, dass du das Wesentliche des Vorganges heute Abend so nüchtern und treffend zusammengefasst hast", konstatierte sie schließlich. „Aber zu unser aller Glück wirst nicht du ihr es so um die Ohren knallen, sondern du wirst fein still halten und zusehen, wie deine alte Freundin und Psycho-Tante das einfädeln wird." Peter schwieg eine Weile. Karin schien sich ihrer Sache sehr sicher zu sein, Frank bemühte sich, unbeteiligt dreinzuschauen. „Na, wenn du meinst, mehr als schiefgehen kann es ja nicht, oder?", lenkte er dann friedfertig ein.

„Über ein Schiefgehen denken wir jetzt mal überhaupt nicht nach, mein Lieber", antwortete Karin. „Aber ich nehme an, dass die Nacht heute lang wird, und ihr zwei müsst eure Biere ohnehin verdauen. Also ab mit euch jetzt ins Schlafzimmer, da macht ihr jetzt das, was ihr beide am besten könnt." Peter und Frank sahen einander amüsiert an und starrten dann Karin mit unverhohlen gierigen Augen an. „Ich sagte, ‚was ihr am besten könnt', nicht ‚worauf ihr euch am meisten darauf einbildet'", antwortete Karin spitz. „Und Peter ist momentan auch nicht in der Lage, denn wir brauchen ihn heute Abend brav versperrt für das, was ich vorhabe. Wollen wir mal hoffen, dass Julia zumindest so tut, als wüsste sie die Nummer nicht." Die beiden hoben resigniert die Hände und zogen dann brav gemeinsam ins Schlafzimmer ab, von wo man ein paar Minuten später schon Schnarchen hörte. Auch Karin beschloss, die Zeit zu nützen, und war auf dem bequemen Wohnzimmersofa bald eingedöst.

Über der Stadt

Es dämmerte schon ein wenig, als der Wagen mit Frank, Peter und Karin in einen Seitenweg der Straße einbogen, die am westlichen Rand der Stadt entlang über eine Kette bewaldeter Hügel führte. Offiziell Teil des Grüngürtels der Stadt, gab es aber entlang der Straße dennoch immer wieder einzelne Häuser und kleine Siedlungen. Der Waldweg öffnete sich zu einer Kuppe, auf der eine kleine solche Ansiedlung lag, ein halbes Dutzend Häuschen, offiziell nur Gartenhütten, aber von ihren Besitzern unter kreativer Auslegung der Bauregeln zu kleinen Schmuckstücken ausgebaut worden waren.

Peters Wagen hatten sie bei Karins Wohnung zurückgelassen, um nicht sofort Julias Verdacht zu erwecken, wenn sie diesen auf dem kleinen Parkplatz stehen sah. So oder so würde er leicht wieder in die Stadt zurückkommen, entweder mit Frank und Karin oder mit Julia. Die drei sperrten den Wagen ab und gingen die paar Schritte bis zu einem der Häuschen. Dunkle Holzwände bildeten das Erdgeschoss, eine Terrasse überblickte mit freier Sicht die tief unten liegende Stadt, ein für die Gegend typisches Mansarddach saß auf dem Haus und verbarg in sich ein zweites Stockwerk. „Ein Erbstück meiner Großeltern, so etwas bekommst du heute kaum mehr", erklärte Frank dem staunenden Peter. Vor dem Haus lag ein kleiner Garten, von der Straße mit einer dichten Hecke abgegrenzt, auf der kleinen Wiese standen ein paar alte Obstbäume.

Frank kramte einen Schlüssel hervor und sperrte die schmale Holztüre auf, die direkt in die gemütliche Wohnküche führte. In östlicher Richtung erschlossen zwei Glastüren den Zugang zur Terrasse, ein kleines Bad und ein winziges Zimmer komplettierten das Erdgeschoss. Eine schmale, steile Treppe führte unter das Dach in das obere Stockwerk. Frank bat Peter, die Schuhe auszuziehen, er konnte es nicht erwarten, ihm auch diesen Teil des Hauses zu zeigen.

Peter war überwältigt, als er am oberen Ende der Treppe ankam. Nach Osten war die gesamte Front des einzelnen Raumes verglast und bot ein unvergleichliches Panorama der gesamten Stadt. Ansonsten war der Raum kaum eingerichtet, doch zum größten Teil mit weichen Matratzen ausgelegt. Kleine Tischchen, Kerzenleuchter und jede Menge Kissen und Decken waren vorhanden. „Dein Liebesnest?", fragte Peter ziemlich unverblümt nach. Frank grinste nur: „In unserer Familie hatte man offenbar über Generationen Bedarf nach einem solchen Raum, ich kann mich noch gut erinnern, schon als Kinder wurden wir öfter zum Spielen hier herauf geschickt, wir hatten damals keine Ahnung, wofür die Erwachsenen das obere Stockwerk nützten. Erst als Teenager und Studenten kamen wir dann selber auf Ideen ..."

„So, genug geschwärmt, Julia wird in einer halben Stunde da sein. Gerade noch Zeit, den Abend zu besprechen." Sie erklärte den beiden in knappen Worten, wie sie sich den Ablauf vorstellte, dann wurde Peter in das kleine Zimmer geschickt, wo er sozusagen auf seinen Einsatz warten sollte. In Analogie zu dem Auftritt des Schwarzen im Club hatte Karin Peter einen Umhang aus einem dünnen Seidenstoff herausgesucht, der ihm zwar etwas zu eng und zu kurz war, aber für den Zweck perfekt passte. Karin hatte sich klassisch hergerichtet, Strümpfe, Heels und kein kurzes rotes Cocktailkleid. Frank trug das, was er meistens trug: Schwarze Hose und weißes Hemd, es war warm genug, auf eine Jacke zu verzichten. Karin hatte von zu Hause eine große Schüssel Fruchtbowle mitgebracht, die sie mit vier passenden Bechern auf der Terrasse abstellte, dazu ein paar Knabbereien. Sie setzte sich in einen der bequemen Sessel und genoss die paar Minuten den Blick über die große Stadt.

Zehn Minuten später klopfte es an der Türe. Julias Kleidung war etwas weniger aufwändig, sie trug ein helles kurzes Sommerkleid und Sandalen dazu, ihr dunkles Haar wehte offen in der leichten Brise, über den Arm hatte sie eine leichte Weste. Frank empfing sie mit ausgebreiteten Armen an der Tür. „Endlich wieder einmal", seufzte sie, als sie sich von Frank in die Arme schließen ließ, seine Lippen die ihren berührten und seine Hände auf ihrem Po ein angenehmes Kribbeln in ihrem ganzen Körper auslösten. Schließlich löste sie sich wieder von ihm. „Ja, es geht nicht immer so, wie man das möchte", antwortete er ein wenig kryptisch. „Aber ich freue mich, dass wir es wieder einmal geschafft haben. Problemlos hergekommen?" „Ja, ja", antwortete Julia abwesend, sie sah sich in der Hütte um, irgend etwas erweckte ihre Aufmerksamkeit, sie konnte aber nicht gleich zuordnen, was es war. Ein Hauch von Parfum? Der Korb, der auf der Sitzbank stand? Sie runzelte leicht die Stirn, sog die Luft ein wenig schärfer durch die Nase ein. „Ist was?", fragte Frank unschuldig. „Nein, nein", antwortete sie. „Na dann komm mal mit raus, wir haben einen Begrüßungsdrink für dich vorbereitet."

Julia kam nicht mehr dazu, wegen des „wir" nachzufragen, denn Frank war schon auf die Terrasse vorgegangen. Karin stand auf, als Julia ihm nachfolgte, weidete sich an Julias entgeistertem Gesicht und lächelte zuckersüß. „Hallo Karin", brachte Julia es noch fertig, halbwegs gelassen zu sagen. Karin ging auf sie zu, umarmte sie ostentativ und nahm sie dann an beiden Händen: „Hallo Julia, herzlich willkommen, gut siehst du aus. Freut mich, dass wir einander wieder einmal sehen. Ein Schlückchen Bowle für den Anfang?" Sie wartete keine Antwort ab, sondern ging zu der Schüssel, schöpfte mit einem großen Schöpflöffel drei der Becher voll, reichte einen Frank, einen Julia und behielt einen selbst in der Hand. „Cheers", sagte sie und lächelte Julia strahlend an und trank dann einen großen Schluck.

„Freut mich natürlich auch, dich wieder einmal zu sehen, Karin, aber darauf war ich jetzt nicht ganz vorbereitet, jetzt habe ich natürlich kein Gastgeschenk für dich." Julia fand das selbst nicht sehr überzeugend, aber besser als nichts war es allemal als Konter, fand sie. Außerdem musste sie Zeit gewinnen und herausfinden, ob Karin wusste, wozu sie hergekommen war. „Frank hat mir erzählt, dass ihr beiden heute hier verabredet seid", fuhr Karin fort, als ob sie vom Wetter spräche, „und ich dachte, ich nütze die Gelegenheit, dich auch wieder einmal zu treffen." Sie wartete eine Weile, bis Julia das verdaut hatte. „Dass Frank und ich seit einigen Wochen zusammen sind, weißt du schon?"

Julia wusste gar nichts, aber das erklärte einiges, vor allem, warum Frank sich in der letzten Zeit so rar gemacht hatte. Aber warum hatte er sie dann ausgerechnet heute eingeladen und in diese unmögliche Situation gebracht? Nun, egal, hier würde sie keine Szene machen, mit dem Ficken würde es wohl jetzt nichts werden, aber sie würde das mit Anstand durchstehen. Das Hühnchen mit Frank würde sie ein anderes Mal rupfen. Sie nahm noch einen großen Schluck aus dem Bowleglas. „Na da ist dir ja zu gratulieren, Karin", flötete sie, stellte den Becher auf den Tisch und trat an die Brüstung der Terrasse. „Den Ausblick hier finde ich immer wieder überwältigend, allein deswegen solltest du bei Frank bleiben, liebe Karin." Da sie bei diesen Worten über die Stadt blickte, entging ihr das breite Grinsen Karins. Touché, Süße, dachte sie bei sich, die erste Runde konnte sie wohl für sich verbuchen.

„Wie läuft es eigentlich mit Peter, der macht sich in letzter Zeit auch ziemlich rar. Schade, dass du ihn nicht mitgebracht hast", eröffnete Karin die zweite Runde. Gelegenheit für Julia, einen Konter anzubringen. Sie wandte sich am Geländer der Terrasse voll um, der Wind spielte ein wenig in ihrem Haar. „Ja, wir gönnen einander ja auch gewisse Freiheiten, wir haben heute unser freies Wochenende, Peter ist ebenfalls verabredet." Sie betonte das wir sehr auffällig und nahm dabei Frank mit einem scharfen Blick ins Visier. Der hatte gerade das Gefühl, dass es am besten für ihn war, möglichst wenig zu sagen, er war neugierig, wie Karin die Situation jetzt in die Richtung drehen würde, die sie brauchte. „Ja ich weiß", sagte Karin gedehnt. „Er war ja auch heute schon bei mir zu Besuch, dein lieber Peter." Karin beobachtete Julia genau. Ups, dachte sie, das war aber jetzt schon an der Kippe, explodiert sie jetzt gleich? Vorsicht …

Julia bemühte sich, das leichte Zittern zu unterdrücken, das ihren Körper erfasste, und klammerte sich am Geländer an. Gut, wenn Karin Streit wollte, konnte sie ihn haben. „Wie schön für dich, Süße, dass du heute schon deinen Spaß hattest", sagte sie dann unverblümt. „Ich nehme an, dir ist nicht entgangen, wozu ich hierher gekommen bin und wer mich eingeladen hat. Was ich allerdings noch nicht weiß ist, wozu du mitgekommen bist. Ich habe jedenfalls nicht die Absicht, mich von dir weiter verarschen zu lassen." Damit stieß sie sich vom Geländer ab und machte Anstalten, die Terrasse und das Haus zu verlassen.

„Jetzt bleib, Julia, jetzt reden wir das aus." Julia erstarrte, als sie die Bestimmtheit und den entschlossenen Ausdruck der schmächtigen, drahtigen Frau sah, die sich ihr in den Weg stellte. „Frank, lass uns bitte allein. Und du setz dich, wir haben unter Frauen zu reden." Julia starrte Karin eine Weile giftig an, während Frank machte, dass er aus der Schusslinie kam. Doch dann schien irgend etwas in ihr „klick" zu machen, ihr innerer Widerstand brach, und sie setzte sich in einen der bequemen Sessel auf der Terrasse. Frank fiel in der Eile nichts Besseres ein, als sich zu Peter in den kleinen Raum zu begeben und ihm zu berichten, dass sich die Situation zwischen den beiden Frauen gefährlich zugespitzt hatte. „Das kann dauern", sagte Frank schließlich zu Peter. „Was hältst du davon, wenn wir uns die Zeit mit einem Bier vertreiben?" Peter nickte, und vorsichtig öffnete Frank die Tür, um zwei Flaschen aus dem Kühlschrank in der Küche zu holen. Die Vorsicht war unbegründet, denn Karin hatte die Terrassentüren geschlossen und konnten ihn schwerlich hören. Ebenso wenig wie er mitbekommen konnte, was draußen gesprochen wurde. Er kehrte also zu Peter zurück, zwei Verschlusskapseln zischten, die beiden Männer prosteten einander zu und machten sich über das Bier her.

Auf Wolke sieben

Die beiden Männer waren mit ihrem Bier allerdings noch nicht fertig, als Karin schon wieder an die Tür der kleinen Kammer klopfte und eintrat. „Na Hauptsache, ihr zwei habt schon Brüderschaft getrunken, während mir die ganze Arbeit blieb", konstatierte sie schmunzelnd. Die beiden schauten zur Sicherheit ein wenig schuldbewusst, doch Karin ging nicht weiter darauf ein. „So, kommt mit, ihr zwei, jetzt bringen wir die Sache zu einem guten Ende. Zeit wird es wohl." Sehr zu ihrer Überraschung führte Karin sie nicht zurück auf die Terrasse, sondern ging voran auf der engen Stiege die unter das Dach des Hauses führte. Mittlerweile war es draußen bereits fast Nacht, die Frauen hatten einige der Kerzen entzündet, sonst lag der große Raum im Dunkeln. Julia saß mit untergeschlagenen Beinen auf einem der Kissen und blickte derweil auf das großartige Panorama der Stadt, in der nach und nach mehr Lichter angingen und die Szene unwirklich erhellten.

„So, setzt euch auch, bitte." Bald hatten die vier einen kleinen Kreis gebildet. „Julia?", sagte Karin nur. Die räusperte sich, bevor sie zu sprechen begann. „Peter, liebe Freunde, wir ihr mittlerweile ja alle mitbekommen habt, haben Peter und ich vor einigen Monaten aus einer ganz konkreten Situation heraus ein Experiment miteinander begonnen." Sie zögerte ein wenig. „Sprich weiter", ermunterte sie Karin, „nur so kann es funktionieren." Julia holte tief Luft. „Also gut, wir haben gemeinsam entdeckt, dass es Peter erregt, sich mich in den Armen anderer Männer vorzustellen. Anlass war, dass ich mich auf einer Grillparty bei Freunden vor seinen Augen von Frank habe abschleppen lassen." Sie wartete wieder eine Weile, aber da alle nur gespannt zuhörten, sprach sie weiter.

„Wir haben uns dann nach und nach entschlossen, uns auf ein kleines Experiment einzulassen. Ich habe Frank einmal über Nacht zu mir eingeladen und Peter am nächsten Morgen dazugeholt. In der Folge haben wir uns dann etwas intensiver mit dem Thema Cuckolding auseinandergesetzt und sind dabei auch auf die Idee mit dem Schwanzkäfig gestoßen. Wir haben gemeinsam entschieden, das einmal eine Weile auszuprobieren." Karin sah Peter prüfend an, doch der nickte nur. „Was ganz gut funktioniert hat, solange es dazu zu verwenden war, immer neue Spannung aufzubauen. Bis wir dann zuletzt die Session mit dem Schwarzen in dem Club hatten." Julia schwieg wieder eine Weile. „Spätestens zu diesem Zeitpunkt hätte mir allerdings klar sein müssen, dass der Kick, den wir beide daraus gezogen haben, nichts mit Cuckolding zu tun hat."

Jetzt war es an Peter, zu staunen. „Warum siehst du das so, Julia?", fragte er interessiert. „Nun, Cuckolding hat doch etwas mit dem Anspruch zu tun, die Sexualität des Cucks zu begrenzen. Wenn wir uns ehrlich sind, haben wir das zu keinem Zeitpunkt konsequent durchgehalten." Peter biss sich auf die Lippen. Was meinte Julia? Seine kleinen Ausflüchte? „Wie meinst du das?", fragte er daher unschuldig nach. „Nun, wenn du dich an die Begegnungen mit fremden Männern erinnerst, wer ist da immer zuletzt zum Zug gekommen?" Sie lächelte ihn mit diesem unnachahmlichen Ausdruck an, bei dem er augenblicklich dahinschmolz. Sein Schwanz begann schon wieder unangenehm in seinem Käfig zu drücken. „Und, Peter", sie lächelte weiter, „ich denke, das ein oder andere Mal hast du auch ein wenig geschwindelt, nicht wahr?"

Peter suchte und fand ihren Blick. Bluffte sie? Doch plötzlich spürte er deutlich: Es spielte jetzt keine Rolle mehr, und er wollte nicht mit dem Versprechen brechen, sie niemals anzulügen, wenn sie etwas wissen wollte. „Nun Julia, ich bin auch nur ein Mensch, es war zwar irgendwie geil, aber es war mir dann auch wieder manchmal zu viel. Aber wie hast du das herausgefunden?" Julia lächelte. „Ich dachte, ich habe dir mit dem einen Mal, wo ich die Nummer so demonstrativ aufgeschrieben habe, einen Hinweis gegeben. Aber ansonsten hättest du wenigstens darauf achten können, dass die Endziffer sich nicht ändert, mein großer Meister des Tarnens und Täuschens. Auf mehr musste ich da gar nicht mehr schauen." Peter schaute ein wenig betreten zu Boden.

„Aber darauf kommt es jetzt nicht an", sagte sie schließlich. „Peter, wenn man herausfindet, dass etwas nicht die beste aller Ideen ist, dann sollte man das auch offen aussprechen. Ich möchte mich in aller Form dafür entschuldigen, dass ich das nach der Begegnung mit Ben so lange nicht getan habe, dir anbieten, unser kleines Experiment zu beenden und dich fragen, ob du noch bereit bist, mich so, wie ich nun mal bin, als deine Frau neu anzunehmen." Es war totenstill im Raum, die Spannung war mit Händen zu greifen. Peter kämpfte sichtlich mit den Tränen. „Julia, auch ich muss mich bei dir entschuldigen. Mir war das wohl genauso klar wie dir, aber auch ich war zu stolz, einfach das zu tun, war wir für diesen Fall vereinbart hatten. Ich habe zwar jetzt keine Münze zur Hand, aber ich bitte dich trotzdem, dass wir unser Experiment hier und jetzt beenden und möchte auch dich fragen, ob du von hier weg den Weg mit mir gemeinsam gehen möchtest und mich so neu annehmen, wie ich nun mal bin?" Jetzt hatte auch Julia Tränen in den Augen stehen.

„Jetzt bringt es zu Ende", sagte Karin leise. Julia nahm sie, kroch dann auf allen Vieren zu Peter hinüber, umarmte ihn und gab ihm einen langen Kuss. Es brauchte keine Worte, die wären wohl den innigen Empfindungen nicht gerecht geworden, die das Paar für einander in diesem Augenblick empfand. Als sich die beiden schließlich voneinander lösten, schaute Julia erst auf Peters Schwanz, der im Käfig schon fast komplett erigiert war, dann hilflos um sich. „Ist des das, was du jetzt suchst?", frage Karin und reichte ihr eine kleine Schere, die sie offenbar vorausschauend mitgebracht hatte. „Danke", sagte die nur, griff mit zitternden Fingern nach dem Bügel, der Peter noch einschloss, und brauchte drei Versuche, bis sie ihn endlich durchgeschnitten hatte.

Dann schien das Paar irgendwie Zeit und Raum zu vergessen, wie Ertrinkende klammerten sie sich aneinander, Julia schaffte es kaum noch, ihre Kleidung loszuwerden, dann liebten sich die beiden selbstvergessen und schienen komplett auszublenden, dass Frank und Karin noch anwesend waren. Die beiden rückten ein wenig zur Seite, knieten sich nebeneinander und hielten einander an den Händen, während sie das Ehepaar in seinem zärtlichen Liebesspiel beobachteten.

Als die beiden endlich voneinander abließen, schauten sie ein wenig peinlich berührt in die Runde. Doch Karin ließ sich noch ein letztes Mal nicht aus der Ruhe bringen. „So, ihr beiden Turteltäubchen scheint euch ja jetzt wieder lieb zu haben, aber was ist mit uns beiden? Ich denke auch für Frank sprechen zu können, dass wir beide euch nicht als Partner verlieren wollen." Peter und Julia sahen einander eine lange Weile in die Augen, doch es war klar, was sie empfanden. „Wir euch doch auch nicht", sagte Julia leise, „ich geh nur schnell duschen für dich, Frank." Doch der nahm sie einfach in die Arme. „Nicht nötig, meine Liebe, auch ich habe meine Phantasien und heimlichen Leidenschaften." Damit zog er sich in Ruhe aus, und die beiden beobachteten noch eine kleine Weile, wie Peter sich Karin zuwandte. Dann nahm auch Julia Frank in die Arme: „Jetzt tun wir aber endlich, wozu ich heute hergekommen bin", hauchte sie in Franks Ohr und zog ihn zärtlich auf sich.

Epilog

Die beiden Paare verbrachten noch die Nacht und den nachfolgenden Sonntag miteinander, das Wochenende markierte schließlich den Beginn einer langjährigen polyamourösen Beziehung zwischen den Vieren, die eigentlich viel besser zu ihren Bedürfnissen passte als das Cuckolding.

Was nicht bedeutete, dass sie den Schwanzkäfig nicht mehr verwendeten. Sowohl Peter als auch Frank trugen ihn bisweilen, das Gefühl der zeitweiligen Beschränkung gab ihnen beiden einen Kick, den sie sich selbst kaum erklären konnten. Aber letztlich behielten sie die Kontrolle darüber selber in der Hand, beide Frauen weigerten sich, in dieser Angelegenheit noch einmal eine Rolle zu spielen, auch wenn sie gegen die besondere Intensität nichts einzuwenden hatten, die sich meist ergab, wenn einer der Herren über eine längere Weile enthaltsam gelebt hatte.

Ob sie sich mit Ben und Samantha auch noch einmal getroffen haben? Wer weiß, vielleicht erzähle ich die Geschichte dieser polyamourösen Beziehung auch noch einmal ...

Clifford Chatterley, Anjas Cuckold oder Die sieben Kreise der Unterwerfung

BoD 2020, ISBN: 9783751957113

Clifford Chatterley, 90 Tage Cuckold. Das Tagebuch eines fast keusch Gehaltenen.

BoD 2019, ISBN 9783741272608

Clifford Chatterley, Anjas Lernjahre oder Die fünf Stufen zur Amoral

BoD 2020, ISBN: 9783752670875

Clifford Chatterley, van Sannenfagg Island. Swinger in der Karibik

BoD 2020, ISBN: 9783752612417 (E-Book)